リオン
グラシエラ

王妃 ザビーネ
第一王子 エンゲルベルト
王弟 ゴッドローブ

「これは夜にしか光らないもの
だとばかり思っていました」
「魔力を付与すると、
こんなふうに光るんだよ」

泥船貴族のご令嬢

～幼い弟を息子と偽装し、隣国でしぶとく生き残る！～

2

江本マシメサ
イラスト：天城望

目次

第1章　もつれた糸

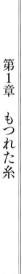

公爵令嬢グラシエラ・デ・メンドーサの名と共に、この世に生を受けた私の、〝一度目〟の人生は壮絶のひと言だった。

父を亡くしてからというもの、公爵家は叔父ガエルに乗っ取られ、婚約者のアントニーは私を見捨て、従妹《いとこ》のソニアを愛するようになった。

叔父一家は私と弟フロレンシを、軽んじるようになっていったのである。

状況は日に日に悪くなっていった。

私とフロレンシは使用人が使っていた離れに追いやられ、労働を命じられるようになり、食事すら与えられない環境に置かれる。使用人達ですら、私達を価値がないものとして軽く見るようになっていたのだ。

叔父はしだいに私達姉弟《きょうだい》に対して、離れを使う家賃を請求するようになった。

私個人の財産はないため、支払いに苦労する。

そんな状況を助けてくれたのは、私と契約している蜘蛛妖精《アラーニャ》、ガラトーナことガッちゃんだった。

彼女の蜘蛛《くも》の糸と、私の魔力と想像力で完成させる蜘蛛細工《テラランニャ》を用いてレースを編み、それを売って暮らすという毎日を過ごしていた。

そんな蜘蛛細工も、叔父に酷使させられることにより、魔力が尽きかけて使えなくなった。

人々が生きるには、世界との繋《つな》がりとなる魔力が必要となる。これ以上蜘蛛細工を使ったら死んでしまう。そう訴えると、叔父は私に別の仕事を命じた。

その仕事とは、叔父のもとに届いた首飾りや耳飾りなどを、下町にあるなんでも屋〝禁断の木の実《フルットプロイビート》〟へ売りに行くこと。

始めに受け取った首飾りは、叔父が手にできるはずもない、最高級品だった。

いったいこれをどこで入手したのか……わからない。

もしや盗品なのではないのか、という疑惑も脳裏を掠《かす》めたものの、当時、正常な判断ができなかった私にはそれを追及できなかった。

弟フロレンシが病に伏し、薬代が必要だった私は叔父の命令に従い、下町へ品物を売りに行く。

ボロボロになった体を引きずりながら生きていた私に、想像もしていなかった事態が襲いかかる。

それは隣国ビネンメーアの王妃の首飾りを盗み、売り払ったという疑惑だった。

そこから私達姉弟の運命は、崖を転がるように、急降下していく。

ビネンメーアの王妃の首飾りを盗んだ罪をなすりつけられ、一晩で処刑が決まった。

最悪なことに拘束されたのは私だけでなく、フロレンシもだった。

彼は私よりも先に処刑される。目の前で首を飛ばされたのだ。

どうして罪のないフロレンシが殺されなければならないのか。

嘆きの声が断末魔の叫びとなる。

私は民衆の前に晒《さら》されながら処刑された。

罪人として死したこの体は、煉獄《れんごく》の炎に灼《や》かれるのだろう。

なんて思っていたのに、私の時間は父が亡くなる前までに巻き戻っていたのだ。

最初は信じられなかった。

これまで起きた悪いことは夢だったのではないのか、と思ってしまったくらいである。

けれども叔父に対する憎しみや、フロレンシを失った悲しみと怒り、処刑のさいの壮絶な苦しみと痛みは〝記憶〟として私の中に残っている。

これが夢でも現実でも、何も起こっていなくてよかった、とは言えない。

父の病状がよくならない中、もしも亡くなってしまったら、同じような事態は起こりうるだろう。

二度と、叔父にメンドーサ公爵家を乗っ取らせるわけにはいかなかった。

父が生きている間に、先手を打っておく。

最初に頼み込んだのは、フロレンシが成人するまで、メンドーサ公爵家の地位と財産を凍結するということだった。

こうしておけば、叔父に奪われることもない。

もうひとつ、私がしたのはアントニーとの婚約解消だ。

あとは、王都を離れて領地で過ごせばいいものか――なんて考えているときに、ビネンメーアの大公の娘レイシェルと出会う。

思いがけず彼女に恩を売ってしまう形となった。

レイシェルは私に何かあったら同じように助けるから、と約束してくれたのだが、すぐに彼女を頼ってしまった。

というのも父の死が、時間が巻き戻る前よりも早かったのだ。

メンドーサ公爵家の地位や財産を凍結してしまったので、運命が変わってしまったのか。

私を助けるという名目でやってきた叔父を拒絶したところ、想像以上に激昂《げきこう》していた。

身の危険を感じた私は、弟フロレンシを連れてビネンメーアへ逃げることを決意する。

ただ、年の離れた異国人の姉弟というのは、ビネンメーアで悪目立ちしてしまうだろう。

ここでも、対策を打つ。

私とフロレンシは母子《おやこ》として身分を偽装し、ビネンメーアへ向かうこととなった。

その秘密について唯一知るのは、レイシェルだけである。

慈善活動に熱心なことから、ビネンメーアの聖女とも呼ばれていた彼女の心優しい気質を利用し、秘密を守ってもらっているのだ。

良心がズキズキ痛むものの、これもフロレンシを守るためである。

この世界に唯一存在するフロレンシの家族として、彼が立派に育つまで、なりふりなんて構っていられないのだ。

私は二十五歳の一児の母、ララ・ドーサという、名前や年齢を偽った状態でビネンメーアへ入国する。

フロレンシはレンという名で、私の一人息子としてやってきた。

幼い彼には、父が亡くなったことが辛《つら》いので、母子ごっこをして悲しみを乗り越えよう、と言っている。

聡《さと》いフロレンシは私の目論見《もくろみ》について気付いている可能性があるものの、何も言わずに母子ごっこに付き合ってくれた。

住む場所と仕事は、レイシェルが手配したのだが、想定外の場所だったわけである。

ビネンメーアの王都の郊外に位置する、自然豊かな邸宅、ファルケンハイ侯爵家。

ここには人間嫌いな貴婦人、デルマ侯爵夫人が住んでいた。

彼女はレイシェルの祖母で、使用人を傍《そば》に数名しか置かないほど、気難しい人物らしい。

一度誰もいない屋敷で倒れていたことがあり、レイシェルはずっと心配だったようで、私に側付《そばづ》きをするように頼み込んできたのだ。

ドキドキしながら侯爵夫人と会ったのだが、側付きなんて必要ないとばっさりお断りされてしまう。けれども私とフロレンシが気の毒な立場にあると知っていたからか、庭にある小さな家《コテージ》で暮らすことを許してくれた。

ただ、厚意に甘えるばかりでは申し訳ないと思い、翌日も侯爵夫人の説得を試みる。

その日も断られてしまったのだが、想定外の人物と出会ってしまった。

突然、私の前に現れたのは、銀色の髪に緑の瞳を持つ美貌の青年、リオン・フォン・マントイフエル卿《きょう》――。

彼は侯爵夫人のお茶飲み友達で、頻繁に侯爵邸を訪問しているようだ。

事前にお茶飲み友達の存在についてレイシェルから話を聞いていたのだが、二十代半ばくらいの青年だったので驚いてしまう。

若くても四十前後だろう、と勝手に思い込んでいたのだ。

そんなマントイフェル卿は、私の想像の斜め上をいく行動に出てきた。

あろうことか、既婚者という設定である私に対し興味を示してきた。

私が頑《かたく》なな態度を取るので、面白がっているのだろう。

そう思っていたのに、とんでもないことを口にする。

マントイフェル卿は「僕の家に住めばいいよ」なんて言ってきたのだ。

つまり、愛人になるように提案したのだ。

私の個人的な感情はひとまず措《お》いておき、今、すべき行動は助けの手を差し伸べてくれた侯爵夫人に恩返しすることである。

なんとしてでも侯爵家に残り、侯爵夫人の役に立ちたい。

そんな頑固とも言える主張を繰り返していたのが功を奏し、侯爵夫人の側付きとなることを認めてもらった。

それからというもの、フロレンシの活躍もあって、侯爵夫人に受け入れてもらえた。

マントイフェル卿が私をからかってくることについては頭を痛めていたものの、叔父一家の悪意に比べたらかわいいものである。

侯爵夫人の態度は日に日に軟化していき、心を開いてくれた。王妃殿下の誕生日パーティーへの名代《みょうだい》を任せてもらえるほど、私を信用してくれるようにもなった。

思いがけずビネンメーアで社交界デビューをすることとなったのだが、どうやら大きな問題を抱えているようだ。

というのも、現在、ビネンメーアの社交界の勢力は真っ二つに分かれている。

王妃派と公妾《こうしょう》派だ。

なんでも国王の寵愛《ちょうあい》が強い公妾派が勢力を伸ばし、王妃派を脅かしているらしい。

王妃と公妾、どちらも息子がいることから、双方の王子を次期王に、という声も高まっているようだ。

幸いにも、王弟ゴッドローブ殿下が率いる中立派も存在する。

異国人である私は、どちらにも属さないほうがいいと判断し、静かに過ごすことに決めた。

そう思っていたのに、王妃派である公爵令嬢リーザからケンカをふっかけられたり、王妃派と公妾派の騒動に巻き込まれそうになったりと、とんでもない目に遭う。

止《とど》めだとばかりに、王妃のもとで、時間が巻き戻る前に売って罪に問われた首飾りを目撃してしまった。

フロレンシが処刑された瞬間の記憶が鮮明に甦《よみがえ》り、酷《ひど》い眩暈《めまい》に襲われる。

冷や汗と動悸《どうき》が収まらず、今にも倒れてしまいそうな私を助けてくれたのは、マントイフェル卿だった。

彼に大きな借りを作ってしまったわけである。

もう二度と、ビネンメーアの社交界に深く関わらないようにしよう。そう決意した日の話でもあった。

ビネンメーアでの毎日は思っていたよりも穏やかで、優しい時間が過ぎていた。

そんな中で、思いがけない話を耳にする。

侯爵夫人が愛していた孫娘イルマについてだった。

彼女は王族に嫁がせるため、幼少期から侯爵夫人が唯一目をかけ、目に入れても痛くないほどかわいがっていた孫娘である。

そんなイルマは、三年前に侯爵邸の裏庭にある湖で溺死してしまったという。

深夜、足を滑らせて湖に落ち、そのまま溺れて亡くなる。翌日、湖に浮かんだ状態で発見されたようだ。

壮絶とも言えるイルマの死が、侯爵夫人の心に暗い闇を落としていたのである。

イルマと深い関係にあったのは侯爵夫人だけではない。

マントイフェル卿はイルマの婚約者だったようだ。

彼は侯爵夫人と共に、イルマを亡くした悲しみを慰め合っているのか。なんて思っていたが、どうやら違ったらしい。

マントイフェル卿はイルマの愛を拒絶していたようだ。

ショックを受けたイルマはその日の晩、行方《ゆくえ》不明となり、湖に身を投げたのではないか――。

そんな疑惑が浮上した。

しかしながら、私はある日気付いてしまう。

もしも湖で溺れたのならば、たくさんの水を飲んでいるはずだ。

そんな状態で亡くなったとしたら、遺体は湖の底に沈んでいるだろう。

けれどもイルマの遺体は、湖に浮かんでいた。

もしかしたら誰かがイルマを手にかけ、湖へ落としたのではないか……。

裏庭は昼間でも薄暗く、不気味な場所だった。

そんな場所に深夜、ひとりで向かうわけがないだろう。

ただ、愛するマントイフェル卿に呼び出されたのならば、イルマは足を運んでいたかもしれない。

つまり、イルマを殺したのは——？

そこまで考えて、思考を停止する。

決めつけるには、マントイフェル卿について知らないことが多すぎた。

私はマントイフェル卿の人となりを把握するために、デートに出かけた。

そこで彼が思っていた以上に繊細《せんさい》で、思慮深い人だと認識を改める。

これまで見せていたいい加減で無責任な振る舞いは、彼が被《かぶ》っていた化けの皮だったようだ。

イルマを拒絶していた理由が何かあるかもしれない。

もっとマントイフェル卿について知る必要がある。

なんて思っていたところで、想定外の事件に巻き込まれる。

一緒に観劇したあとに行った喫茶店で、私があげたパンケーキを食べたマントイフェル卿が、吐血したのだ。

なんと彼は、何者かの手によって呪われていたらしい。

なんでも毒を食事に仕込まれることは日常茶飯事で、マントイフェル卿は口にするものに対し最大限の警戒をしていたようだ。

以前、彼が「眠るように自然に死ぬのって、とっても幸せなことじゃない？」と言っていたのを思い出す。

聞いた当初はなんて恐ろしいことを口にするのか、と思っていたが、命の危機に晒されることが多かった彼にとって、死は身近な問題だったのだろう。

マントイフェル卿の命に別状はなく、呪いも解呪できた。

目を覚ました彼は、私が近付いた目的がイルマの死因を探るためだったと気付いていた。以前から妙に勘が鋭いところがあったが、そこまで見抜かれていたとは……。

さらに一部の者達から、イルマを手にかけた犯人として疑われていることについても把握していた。マントイフェル卿は私に、「僕が極悪人でないか、しっかり君の目で確認してほしい」と言ってくる。もちろん、そのつもりだったので、彼の言葉に頷《うなず》いた。

ビネンメーアにやってきてからというもの、とんでもない騒動の渦中《かちゅう》に自ら飛び込んでいったような気がして、頭が痛くなってくる。

けれども、この問題が解決したら、侯爵夫人だけでなく、マントイフェル卿の心が救われるように思えてならない。

少し前までフロレンシのために生きようと意気込んでいた。

でも今は、自分が望むことをしてもいいのではないか、と思うようになっていた。

ビネンメーアでの人との出会いが、私を変えたのかもしれない。

もしも何かあっても、私にはフロレンシやガッちゃんがいる。

それ以外にも、優しい人達は大勢いるのだ。

二度目の人生の風向きは、いい方向に吹いているように思えてならなかった。

◇◇◇

マントイフェル卿との初めての外出は、とんでもない結果に終わる。

その日はゴッドローブ殿下の計らいで、深夜に帰宅できた。

しかしながら皆眠っていたため、会えたのは翌日だった。

侯爵夫人はフロレンシに、「リオンがお腹《なか》を下してしまったから、あなたのお母様が介抱していたのよ」と言ってくれていたようだ。

そのため、フロレンシはマントイフェル卿のお腹の調子を心配していた。

もうよくなったと告げると、安堵《あんど》した表情を見せる。

呪いを受けたマントイフェル卿が命の危機に晒されていた、なんて正直に言えるはずもなかったので、侯爵夫人には感謝しかない。

それから三日後に、マントイフフェル卿は元気な姿を見せてくれた。

片手には、クリスタル・スノードロップの鉢を抱えていた。

「いやはや、心配をおかけしました」

フロレンシが一番に駆け寄って、声をかける。

「マントイフフェル卿、お腹はもう痛まないのですか？」

「お腹？」

「お母さんとお出かけしたときに、痛めたと聞いていたので」

彼に説明していなかった、と思ったのは一瞬のことで、マントイフフェル卿のほうは瞬時にどういう意味か察したようだ。

「あー、そうそう。もう本当に酷かったんだけれど、レンのお母さんの看病のおかげで、今はもうよくなったよ」

マントイフフェル卿はあの日私が事情聴取を受けて帰宅が遅くなったであろうことを想像し、看病をしてもらっていたと、咄嗟《とっさ》に口裏合わせをしてくれたようだ。

もう大丈夫、と聞いて、フロレンシは安堵の表情を見せる。

「よかったです」

マントイフフェル卿はしゃがみ込み、「優しい子だねえ」と言ってフロレンシの頭を撫《な》でる。

フロレンシは嬉《うれ》しそうに目を細めていた。

マントイフェル卿と一緒に、家庭教師もやってきたようだ。フロレンシは名残惜しそうに部屋を去る。ホッとしていたら、マントイフェル卿がクリスタル・スノードロップの鉢を私へ差しだしながら言った。

「ララ、この花、馬車に忘れていったでしょう？」

「ええ、その、はい」

帰宅したあと、そういえば……と思い出したものの、彼がどういう状況にいるかわからなかったので、次に会ったときに聞いてみようと考えていた。

クリスタル・スノードロップを受け取り、改めて感謝の気持ちを述べると、侯爵夫人が「ごほん！」と咳払《せきばら》いし、ジッとマントイフェル卿を見つめる。

「ああ、侯爵夫人、何やらレンには上手《うま》く言ってくれていたようで」

「当たり前よ。あなたが殺されかけて、ララが重要参考人になって帰れないなんて、レンに言えるものですか！」

侯爵夫人には詫《わ》びの品として、絹のハンカチを持参していたらしい。

「これよりもいい品がよければ、用意するけれど」

「いいえ、充分よ」

マントイフェル卿は侯爵夫人から座るように勧められたのだが、その前に謝りたいことがあると言って頭を下げた。

「侯爵夫人、ララを僕の個人的な事情に巻き込んでしまって、ごめんなさい」

「謝る相手は私ではないでしょう？」

侯爵夫人は庭でも歩きながら、謝罪してきなさい、と勧めてくれた。

マントイフェル卿は私を振り返り、少し困ったような表情で見つめる。

遠慮するような雰囲気を感じたので、仕方がないと思って誘ってあげた。

「マントイフェル卿、今日はよく晴れているので、外を歩きませんか？」

「いいの？」

「ええ。クリスタル・スノードロップも植えてきましょう」

「そうだね」

ガッちゃんは侯爵夫人と一緒に、お茶を楽しむらしい。最近、紅茶の味を覚えたようで、お気に入りの角砂糖を落として飲んでいるのだとか。

「ララ、時間は気にしなくてもいいから、息抜きしてきなさい」

「承知しました」

侯爵夫人とガッちゃんに見送られながら、私とマントイフェル卿は庭に出る。

クリスタル・スノードロップの鉢はマントイフェル卿が持ってくれた。

外はまだ少しだけ冷えるものの、日差しは暖かだ。

「なんか思っていたよりも寒いけれど平気？」

「はい。ヴルカーノの気候に比べたら、ポカポカ日和《びより》と言えるくらいです」

「へえ、ララの故郷ってそんなに寒いんだ」

それからしばらく会話もなく、庭を歩く。

今日のマントイフェル卿は浮かない表情をしていた。

もう、私の前で明るい男性を演じなくてもいい、と思っているのか。

きっとそれだけではないのだろう。

彼はたぶん、何かに迷っている。でないと、迷子の子どものような顔で私を見つめるわけがない。

私は深く考えもせずに、ぽつりと言葉を口にしてしまった。

「マントイフェル卿、人生って、巡る季節のようだと思うときがあるんです」

歩みを止めた彼の反応を見る前に、私はずんずんと進んでいく。

途中ですれ違った庭師に、スノードロップをどこかに植えていいか聞いてみる。

好きなところに植えていいと言うので、適当な場所に腰を下ろした。

私に追いついたマントイフェル卿も私の隣にしゃがみ込んで、クリスタル・スノードロップを鉢から取り出してくれた。

私は庭師から貸してもらったシャベルで、土を掘り起こす。

スノードロップを移植し、土をふんわりと被せた。

魔法植物の栄養源は魔力なので、水やりは不要。そのまま放置でいいらしい。

ホッとしたのも束《つか》の間《ま》のこと。

マントイフェル卿が話しかけてくる。

「ララ、人生は巡る季節のようだって話、続きを聞かせて」

「言ったあと、恥ずかしくなっていたのですが」

「いいから」

季節は同じように巡ってくる。

美しい花々が咲き誇る春に、厳しい暑さを迎える夏、実りの秋が訪れ、雪が降り積もる冬がやってくる。

「人生も同じように、人には花盛りがあったり、ジリジリとした暑さに耐えるような辛い出来事があったり、努力が実ったり、積雪のような重圧があったり――いろいろありますよね」

ただそれがずっと続くわけではない。

人生というものは、季節と同じように、時が進むにつれて巡っていくのだ。

「どれだけ雪が降り積もって辛くても、春になったら溶けます」

「人生も同じように、今が辛くても、それが長くは続かないってこと？」

「そうだといいな、とわたくしは信じています」

自信を持ってそうだ、と言い切れたらよかったのだが、他人の人生の責任は取れない。

結果、やんわりとした言い方になってしまった。

「それから、季節の感じ方も人それぞれで、自分が感じていることを、他人も同じように考えているとは限りません」

ビネンメーアの寒さを厳しいとマントイフェル卿が思っていても、ヴルカーノ生まれの私がなんてことないと感じているように、人生の捉え方もさまざまだ。

「誰にも言えないような大問題でも、人によってはささいな問題だったりするんです。だから、自分の中で溜《た》め込《こ》まずに、相談することは大切だと、わたくしは思います」

今の状況がすべてだと思わないでほしい。自分の行動によって、運命はひっくり返るものだから。

そんな願いを込めて、人生観を少しだけ語ってみた。

「ララ、ありがとう。なんだか勇気が湧いてきたよ」

そう言って、マントイフェル卿はやわらかな微笑《ほほえ》みを浮かべた。

迷子の子どものような表情は、どこかへ消えたようだ。

マントイフェル卿は妙にスッキリした表情で、少し話したいことがあると言う。

「ここじゃなんだから、あっちにある東屋《あずまや》に行こうか」

「はい」

手を差し伸べられるが、躊躇《ちゅうちょ》してしまう。

どうしてか、彼のこの手を取ったら、二度と逃げられないような気がしてならないのだ。

「ララ、どうかしたの？」

「マントイフェル卿――」

「ねえ、前にリオンって呼んでって言ったじゃん。やだな、ララったらもう忘れてる！」

「いえ、そういうつもりはなかったのですが」

あのときは弱り切っていたので、聞いてあげただけだ。

もしかしたら忘れているかもしれない、なんて期待していたが、しっかり覚えていたわけである。

気まずくなって、明後日《あさって》の方向を向いてしまった。

「どうせ、意識が曖昧《あいまい》そうだったから忘れているかも！　なんて思っていたでしょう？」

否定できず、黙り込む。もはや、認めているようなものだろう。

「マントイフェル卿」

「リオン！」

「その、リオン様」

それでいいとばかりに、マントイフェル卿は頷いていた。

リオンと呼び捨てを強要するようなら、強く拒否しようと思っていたのに、今日に限って様付けで満足したようだ。

なんというか、がっくりと脱力してしまう。

「それでララ、なんだっけ？」

「いえ、私の考えていることを、よくおわかりだなと思って」

「他人が何を考えているか察しないと、生き残れない人生だったからね。それについて、今から話すから」

もしかしたら話が長くなるかもしれない。それならば、東屋よりもコテージのほうが落ち着いて話せるだろう。

「リオン様、続きはコテージで聞かせていただきますわ」

「え!?　ララったら大胆！　真っ昼間に、僕みたいな男を連れ込むなんて」

提案した途端に、マントイフェル卿の瞳がキラリと輝いた。

「家には上げませんので、期待はなさらないでくださいませ」

元気になったと思ったらすぐこれだ。呆《あき》れつつ、歩き始める。

コテージに到着すると、ガーデンテーブルの椅子を勧めた。

これは数日前、庭師に古くなったものを譲ってもらったのだ。

十年ものの਼ようだが、ペンキを塗り直してくれたので、新品も同様である。

「紅茶を淹《い》れてきますので、そこでゆっくりしていてください」

「手伝おうか？」

「結構ですわ」

どさくさに紛れて家に上がるつもりだったのか。お手伝いは丁重にお断りさせていただいた。

紅茶を淹れ、ラードとアーモンドパウダーで作るホロホロクッキーをお茶請けとして出そう。

マントイフェル卿は庭を眺めながらぼんやりしていたようで、私がやってきた途端に立ち上がってお盆を持ってくれる。

「ララ、ここに座って風を感じるの、とっても気持ちがいいね」

「ええ、そうなんです。わたくしやレン、ガッちゃんもお気に入りで、よくみんなでお茶会を開いているのですよ」

「いいなー。幸せ家族だ」

まさか、私達が羨ましがられる立場になるとは、夢にも思っていなかった。

この暮らしをもたらしてくれる、侯爵夫人のおかげだろう。

「このクッキーもララの手作り？」

「ええ」

粉砂糖を雪のようにたっぷりかけるこのクッキーは、フロレンシの大好物なのだ。

以前、フロレンシが「リオンお兄さんにも食べてもらいたいです！」と言っていたので、特別に分けてあげることにした。

マントイフェル卿はホロホロクッキーを一枚摘《つま》んで裏表と確認したあと、躊躇《ためら》いもせずに頬張《ほおば》る。

「あー、おいしい！　なんか柑橘《かんきつ》のいい匂いもするな」

「乾燥させたオレンジの皮を刻んで入れているんです」

「そうなんだ。最高だね」

お口に合ったようで、何よりであった。

「今日、なんにも食べてないから、嬉しいな」

「そ、それはそれで、お体によろしくないような……」

騎士は体が資本なのに、体力が保《も》たないだろう。

ただ、彼は食事に毒を仕込まれることが多いらしく、強くは言えない。

にこにこしていたマントイフェル卿だったが、強い風がヒュウと吹いた瞬間に真顔になる。

「ねえララ。どうして僕がこんなに殺されそうになっているのか、知りたい？」

聞かれた瞬間、ドクンと胸が高鳴る。

それは彼が長年、ひとりで抱えていた問題なのだろう。

「わたくしが、聞いてもよいのですか？」

「うん、君に聞いてほしいんだ」

正直、彼が抱える闇を受け止めきれる自信なんてなかった。

けれども私がここで断ったら、マントイフェル卿は一生ひとりで抱えていくような気がしてならない。

もう充分なくらい、私はマントイフェル卿の問題に首を突っ込んでいた。

今さら引くことなんて許されないだろう。

「リオン様がお話しをして後悔しないのならば、お聞かせいただけますか？」

「後悔はしないよ、絶対に。そもそも、これについては誰にも話さないつもりだったんだ。墓まで持っていく覚悟は決めていたのにね」

いったいどういった秘密を抱えていたというのか。まったく想像できない。

「ララ、僕はね、この国の王子なんだ」

信じがたい言葉が聞こえ、思わず「今、なんとおっしゃいましたか？」と聞き返してしまう。

「リオン・フォン・マントイフェルというのは偽名なんだよ」

それについては、公妾から話を聞いていた。

まさか本当に偽名だったなんて……。言葉を失ってしまう。

「僕の本当の名前はね、マリオン・フォン・キリル・ライニンゲン」

マリオンと聞いて、記憶が甦る。王宮で見かけた、社交界に一度も顔を出さない深窓の姫君のことを――。

マリオンという名の王族はひとりしかいないはずだ。ということは……？

「リオン様、その、マリオンという名は、王女殿下のお名前だとお聞きしていたのですが」

「そうだよ。僕は母が亡くなるまで、王女として育てられたんだ」

脳天に雷がドーンと大きな音を立てて落ちたような、すさまじい衝撃を受ける。

マントイフェル卿がマリオン王女の正体だったなんて。

たしかに、言われてみれば肖像画に描かれた美少女の面影があった。

「なぜ、リオン様は王子ではなく、王女として育てられたのですか？」

問いかける声が震えてしまう。これを聞いてしまったら、本当に元に戻ることができない。

そんな恐怖から、怖じ気《おけ》づいているのだろう。

マントイフェル卿はそれに気付いているのか、いないのか。淡く微笑みながら言葉を返す。

「それはね、命を狙われるからだよ」

耳にした瞬間、ゾッとしてしまう。それはにこやかに話す内容ではなかった。

「僕の母、アンネは公妾でね、国王陛下にとてつもなく愛されていたんだよ。王妃殿下を差し置いてね」

王妃よりも愛される公妾――それは現在の状況とそっくりだった。

「王妃殿下はずっと不妊に悩んでいて、子どもがいなかった。そんな中で、母は僕を妊娠したんだ」

国王は喜んでいたようだが、王妃はそうでなかったに違いない。

そんな王妃殿下の感情と関連があるかは定かではないようだが、妊娠発覚以降、アンネに堕胎《だたい》を促すような毒が食事に仕込まれる事件が起きていたらしい。

「中には命を落とすような毒もあったみたいだけれど、母はもともと疑い深く、勘が鋭い気性だったらしく、死には至らなかった」

戦々恐々とする中で、国にとって嬉しい報告が届く。

それは、王妃の懐妊だった。

「奇《く》しくも、母の妊娠が明らかになった一ヶ月後に、王妃殿下も妊娠した」

以後、不可解なことに、アンネの食事に毒が混入されることはなくなったという。

「王妃が妊娠してめでたし、めでたし――というわけではなかった」

国王はアンネに「子どもが男児であれば、王位継承権を与えよう」と宣言したのだ。

「長年、後継者なる王子が産まれていなかったからか、国王陛下もはしゃいでいたんだろうね。母や僕にとっては、迷惑の一言でしかなかったんだけれど」

その日から、アンネは「子どもがどうか女でありますように」と祈った。

けれどもその願いは叶《かな》わず――。

「男である僕が生まれてしまった」

王妃の子よりも先に生まれたので、実質的には第一王子となる。

けれどもアンネは、乳母《うば》に金貨を握らせて命じた。

「生まれたのは王子ではなく、王女だと国王陛下にお伝えしなさい。そう、母は言ったんだ」

第一王子として王位継承権を得てしまったら、このままではせっかく生まれた子どもの命が危うくなる。それに気付いたため、アンネは咄嗟に判断したのだろう。

「お母様は、マントイフェル卿の命を助けるために、王女として育てる決意をされたのですね」

「まあ、自分を守る保身的な意味合いもあったんだろうけれど」

それから一ヶ月後に、王妃はエンゲルベルト殿下を生んだ。

マントイフェル卿が第一王女となったので、エンゲルベルト殿下が第一王子となる。

「母は王都から離れた土地で僕を育てたかったようなんだけれど、国王陛下が許さなかった」

国王はアンネを深く愛していたらしい。マントイフェル卿だけでも遠くへ、という願いも叶えられなかったようだ。

「そんな状況の中で、僕は王女として育てられた。もちろん、順調だったわけではなかったよ」

マントイフェル卿は同じ年のエンゲルベルト殿下と比較し、どうして自分は女性物のドレスを着て、お淑《しと》やかに過ごさなければならないのか疑問だったらしい。

「王女として振る舞いたくないと反抗する僕に、母は男だとバレたら殺されるからだ、なんて必死の形相で言っていたんだ。王女の身であっても、危険は隣にあるようなものだって」

けれども彼が育った日々はいつでも平和そのもので、命を狙われるような危機は一度も訪れなかった。

「長年、僕を王女として育てる母が理解できず、正直なところ辛かったし苦しかった。だからね、母が亡くなったとき、悲しみもあったけれど、それ以上にもう王女として振る舞わなくっていいんだって、喜んでしまったんだ」

以前、マントイフェル卿から抑圧された環境で育った、なんて話を聞いていた。

彼は明るく話していたが、想像を絶するくらい追い詰められた環境で育ったに違いない。

喪が明けたあと、マントイフェル卿は国王夫妻を呼び出し、自らの秘密を打ち明けた。

「国王陛下と王妃殿下は驚いていたよ。それから、長年辛かっただろうって、優しい言葉をかけてくれた」

これからは王子として暮らせばいい。そんなふうに言ってくれたという。

さすがに第一王子と名乗れはしないが、第二王子として公表する許可を出してくれたようだ。

さらに、新たに継承権も与えられたらしい。エンゲルベルト殿下に続く、第二位だったようだ。

「理解してもらえて、王子として認められて、おまけに王位継承権まで貰《もら》えたものだから、酷くホッとした。同時に、僕はすっかり油断していたんだよ」

第二王子としてのお披露目《ひろめ》会当日、マントイフェル卿の身に生まれて初めての危機が迫る。

「控え室にあった軽食に、毒が仕込まれていたんだ」

即死するような毒がたっぷり盛られていたらしい。

「しっかり食べてしまったんだけれど、味に異変を感じてすぐに吐き出した」

ほんの少し口に含んだだけでも死ぬような猛毒だったらしい。

何度も嘔吐《おうと》を繰り返し、最終的には血を吐いたのだとか。

「普通の人だったら、すぐに吐いたとしても死んでいたんだって。でも、僕は奇しくも生き残った」

それには理由があったという。

「毒を飲んでも死ななかったのは、幸運でも不思議でも、なんでもなかったんだ」

側付きをしていた侍女曰《いわ》く、マントイフェル卿の食事には幼少期から少量の毒が含まれていたという。

「知らないうちに、僕の体は毒に耐性をつけられていたんだ」

それでも、死ぬような思いをして生き残った。

「これまでのうのうと暮らしていた僕は、毒を盛られて初めて、王子であることの危うさや、このまま第二王子として生きていたら、命が危ぶまれるような事態に襲われることに気付いたんだよ」

毒で意識がぼんやりする中、マントイフェル卿は国王陛下を呼び出し、第二王子として生きることを断念すると伝えた。

「もちろん、王位継承権も丁重にお返ししたよ」

お披露目会は中止。もともと王妃の着想で、サプライズ報告する予定だった。そのため、各方面に影響はなかったらしい。

「サプライズにしたほうがみんなが驚いて楽しいから、なんて言っていた王妃殿下の発言が不可解だったんだけれど、殺されそうになったら、これが狙いだったんだ、って察してしまったよ」

王位継承権を返上し、第二王子として生きる道を断念したマントイフェル卿だったが、マリオン王女に戻るつもりはさらさらなかったらしい。

「王女に戻るくらいだったら、一般人のただの男として生きるほうがマシだ。そう主張する僕に、国王陛下はリオン・フォン・マントイフェルという名を貸してくれたんだよ」

偽名は国王公認で名乗っているようだ。そのため事情を知らない上に、彼についてよく思わない人達が、裏組織の人間だなんて噂話《うわさばなし》を流したのだろう。

「それからの僕は騎士になるために、訓練に明け暮れた」

もともと王女時代から、自分の身は自分で守れるよう剣術を習っていたらしい。

「王女でなくなった僕に残っていたのは、剣だけだったんだ」

リオン・フォン・マントイフェルとして生き、一人前の騎士として認められた彼に、想定外の決定が下される。

「国王陛下が、エンゲルベルト殿下の護衛騎士に任命しようとしたんだ」

命令に従おうとしていた中で、王妃が反対しているという話がマントイフェル卿の耳にも届いた。

「僕みたいな公妾の子を、大事な未来の国王の傍に置くことはできないんだってさ」

王妃に強く言われ、国王はそれを聞き入れる形になった。

「ショックだったよ。せっかくリオン・フォン・マントイフェルとして生きようとしていたのに、公妾の子としてしか見てくれなかったから」

胸がぎゅっと締め付けられる思いとなる。

新しい名前を得て、マントイフェル卿は人生を歩んでいたのに、努力は認められなかった。辛かっただろう、悲しかっただろう。

何か励ましの言葉を、と思ったものの、軽々しく口にできるものではない。

返す言葉が見つからず、代わりに小さく震えていた彼の手を握る。

信じられないくらい冷たい手だった。

マントイフェル卿は俯《うつむ》いていた顔をパッと上げ、私を見つめる。

今にも泣き出しそうな顔で、ありがとう、と囁《ささや》くように口にした。

言葉をかけずとも、慰めることはできたようでホッと胸をなで下ろす。

「それから役職者は皆、王妃殿下の顔色を窺《うかが》っているからか、自分の配下に僕を配属しないような立ち回りを見せてくれたよ」

マントイフェル卿の正体を知らずとも、何かやらかした人物なんだ、という噂話が広まっていたらしい。

「その当時は、自分自身がとっても惨めで恥ずかしい存在だと思っていたんだ」

そんなマントイフェル卿に転機が訪れる。

「ある日ゴッドローブ殿下が、僕を近衛騎士として迎えてくれるって言ってくれたんだ。奇跡だと思ったよ」

快くマントイフェル卿を受け入れてくれたらしい。

「本当の僕を理解し、優しくしてくれたのは、ゴッドローブ殿下だけだった」

入隊前に、なぜ受け入れてくれたのか、理由を聞いたこともあったらしい。

「ゴッドローブ殿下も公妾の子で、王位継承権を持たなかったんだ。だから、僕の気持ちが理解できるって、言ってくれたんだよね。僕達は似た者同士で、同情したのがきっかけかもしれないけれど、本当に嬉しかったんだよ」

マントイフェル卿の傍にゴッドローブ殿下みたいな男性《ひと》がいて、よかったと心から思う。誰も手を差し伸べなかったら、今頃彼はどうなっていたのか。考えただけで胸が痛んだ。

「近衛騎士になってからしばらくは穏やかな毎日が過ぎていったんだけれど――」

ある日、想定外の事態に我が耳を疑ったという。

「国王陛下が新しい公妾を迎えたんだ」

それだけならばまだいい。

けれども新しい公妾カリーナを、国王は深く愛してしまったのだ。

「しばらく経《た》って、カリーナは妊娠、出産した」

生まれたのはレオナルドと命名された王子だった。

マントイフェル卿のときのように、国王はレオナルド王子にも王位継承権を与えると宣言した。

王妃は大反対したようだが、今回ばかりは聞く耳を持たなかったらしい。

「最悪なことに、国王陛下はレオナルド王子だけでなく、マリオン王女である僕にも王位継承権を与えると言いだした」

レオナルド殿下に王位継承権を与えることは特別でもなんでもない。そう主張するために、利用されてしまったようだ。

マントイフェル卿はゴッドローブ殿下を通じて、王位継承権は必要ないと抗議したらしい。けれどもそれも聞き入れてもらえなかった。

「結局、僕はレオナルド王子よりも下位となる、王位継承権第三位を受け取ることとなった。返上したくてもできなくて、今も僕には国王になる資格があるんだ」

ただ、マントイフェル卿はマリオン王女として社交界に出るつもりは毛頭ないらしい。あってないような王位継承権だと話していた。

「それでも、脅威に感じる人がいたみたい」

王位継承権が戻ってきてからというもの、再び命を狙われるようになっていた。

「レオナルド殿下が生まれ、王位継承権を与えられてから八年、ずっとだよ」

私には想像できないほど、辛い日々だったに違いない。

しかしながら彼は、そんなことをおくびにも出さずに、いつでも微笑みを浮かべ、のほほんと生きている騎士〝リオン・フォン・マントイフェル〟を演じていたようだ。

彼の心にある闇は、私が思っているよりも深く、濃いものだった。

庭先で世間話をするように聞くものではない。

「まあ、なんとか今日まで生き延びたわけだけれど」

ここ最近は毒が効かないとバレているからか、さまざまな手を使って命を狙ってくるらしい。

その中のひとつが、先日の呪いを利用したものだったようだ。

「リオン様の命を狙っているのは、その……」

「まあ、だいたいの目星は付いているけれど、尻尾《しっぽ》が摑《つか》めないんだよね」

犯人についてはゴッドローブ殿下と共に調査を重ねている最中らしい。

もっとも疑わしいのは王妃だが、マントイフェル卿は別の人物にも疑いの目を向けているという。

「レオナルド王子の母君であるカリーナにとっても、王位継承権を持つ僕は極めて邪魔な存在だと思うよ」

マントイフェル卿の王位継承権はレオナルド王子よりも下位だ。けれどもマントイフェル卿が玉座を狙った場合、レオナルド王子の命は脅かされる。

「レオナルド王子を守るために、カリーナが僕の命を狙っているのかもしれない」

たしかに以前カリーナに会ったときは、マントイフェル卿に対していい印象を持っているようには思えなかった。

「でも、本当にわからないんだ。皆が皆、僕を殺しにかかっているように思えて、恐ろしいよ」

犯人を決めつけず、全方向に疑いの目を向けるのは悪いことではないだろう。

「みんな、腹芸が死ぬほど上手いからね。普通に話しているだけでは、悪意や殺意、敵対心なんてまったく感じないんだよ。そんな中で、ララはわかりやすいくらい僕を警戒してくるから、かわいくてねえ」

「その話は以前お聞きしました」

「何回でもしたいんだよ」

恥ずかしいので、一度聞いたら充分だ。なんて訴えても、マントイフェル卿は聞く耳を持たなかった。

さんざん私について楽しげに語ったあと、空を見上げながら独り言のように呟《つぶや》く。

「でも、僕が女性として育てられたのは、悪いことばかりじゃなかったよ。化粧は王女時代に侍女達から習ったんだけど、女性にとっての武器みたいなものなんだって。話を聞いたときはよくわかんなかったけれど、今はよくわかるよ」

美しく装うというのは、戦う手段になりうるようだ。

「清潔に、身ぎれいにしていると、ただそこに立っているだけで印象がいいし、美しさは何かやらかしてしまったときの誤魔化《ごまか》しに役立つ」

マントイフェル卿がにっこり微笑んだだけで、ちょっとした問題が解決することがあるようだ。

それくらい、美しさというものは強い力を持つと言う。

化粧の力はそれだけではない。

目尻を跳ね上げるように線を引いたら強気に見えるし、垂れるように線を引いたら優しげに見える。会う人に合わせて化粧をしたら、表情の印象操作もできるのだ。

「だからね、腹芸が得意じゃない僕は今でも化粧を続けているんだよ」

顔色の悪さや、唇の色など、目で見てわかる体調不良や肌の状態を隠せる点も気に入っているらしい。

「マントイフェル卿が化粧を落とした顔が、少し気になります」

「ここに泊めてくれるのであれば、見せてあげられるよ」

ぐっと接近し、満面の笑みを浮かべながら言ってくるので、仕返しとばかりに頬を抓《つね》ってしまった。想定外の行動だったのだろう。マントイフェル卿は目を丸くし、驚いた顔を見せる。

しかしそれも一瞬のことで、すぐに顔をほころばせる。

パッと手を離すと、マントイフェル卿はお腹を抱えて笑いだした。

「あはは、ララ、君はいつでも想定外の行動に出てくるね！」

「申し訳ありません。突然何を言っているのかと思ってしまいまして」

「そうだよね。でも、軽い気持ちで言ったわけじゃないんだよ」

本当に、ここに泊まりたいという気持ちがあるらしい。

「いつかね、君やレン、侯爵夫人が許してくれたらいいな」

フロレンシだけでなく、侯爵夫人の許しがあるならば、認めざるをえないだろう。

マントイフェル卿は背伸びをし、「あ――、すっきりした！」と言う。

「本当は今日、女として育てられた話だけをするつもりだったんだけれど、ララが自分にとって重たい話でも、他人にとってそうではない場合がある、なんて言ってくれたからさ」

マントイフェル卿の過去は壮絶で重たいとしか言いようがなかったが、ひとりで抱えていい話ではなかった。

私に打ち明けて、気持ちが軽くなったのならばよかったのではないか。

そう思ってしまった。

「ララ、ありがとうね」

「いいえ、お話を聞くことしかできませんでしたが」

「それでも充分救われたよ」

暖かな日差しが差し込む午後、マントイフェル卿は穏やかに微笑みながら言ったのだった。

「ララ、ごめん。なんか一方的に喋《しゃべ》ってしまって」

協力できることはないかもしれない。けれどもそれだけでいいのならば、いつでも話し相手になろう。なんて言葉を返すと、マントイフェル卿は嬉しそうに頷いてくれた。

「一方的に負担をかけるのもなんだから、ララの願いをひとつだけ叶えてあげる。何がいい？」

「それは――」

「なんでもいいよ。ララの夫を闇に紛れて処分するとか、社会的に殺すとか！」

「いいえ、夫の死はまったく望んでおりません」

そう返すと、マントイフェル卿はガッカリしたのか、肩を落としていた。

「じゃあ、王城で働く？　ゴッドローブ殿下の近衛隊、隊長の専属茶師とか！」

「それってリオン様のお世話係じゃないですか」

「そうそう！」

お断りだと言ったら、衝撃を受けたように口元を手で覆っていた。

冗談なのだろうが、いちいち本気に見える反応を返さないでほしい。

今、私が個人的に願うことなんてひとつも思いつかなかった。

ただ、ここで「何もない」と言ってしまったら、マントイフェル卿が気にするだろう。

しばらく考えた結果、私はあることを願った。

「では、ひとつだけ叶えていただきたいのですが、ある事件の調査について、協力いただけますか？」

「え？」

想定外の申し出だったのだろう。にこやかに話に耳を傾けていたマントイフェル卿の表情が、真顔に変わっていく。

「ララ、ある事件って何？」

「イルマ嬢が亡くなった事件について、ですわ」

「どうして君がその事件について調査したいと思ったんだ？」

「侯爵夫人が彼女の死を忘れられず、悲しみの中で暮らしているからです」

もしも隠された真実があるのならば暴きたい。

それが、私が唯一望むことだろう。

「ララ、あれはどうしようもない事件だった。騎士隊が調査した以上に、新しい情報なんて出てきやしないよ」

皆が皆、そう決めつけているだろうが、私はそうとは思わない。マントイフェル卿の言葉にも、首を横に振って否定する。

「みんなが見落としている真実があるように思えて、なんだか引っかかるのです」

ここでマントイフェル卿に、私がメイドのローザから聞いた情報を伝える。

「まず、一番の違和感は、昼間でも薄暗くて恐ろしい裏庭の湖に、イルマ嬢が深夜にひとりで行く理由が、よく理解できません」

「それは――僕が彼女を冷たく拒絶してしまったからなんだ」

「イルマ嬢はたったそれだけで死を覚悟してしまうような、弱い女性《ひと》でしたか？」

話を聞く限り、イルマは明るく朗らかで、太陽のような女性だという認識である。

もしもマントイフェル卿に酷いことを言われたとしても、それが原因だと思われるような死に方をするだろうか？

「わたくしにはイルマ嬢がリオン様を追い詰めるような死に方を選ぶとは思えません」

「だったら、物思いに耽《ふけ》るために湖に行って、うっかり足を滑らせてしまったんだ」

「その可能性はありえないと思います」

「どうして？」

もしも悩みをすっきりさせるために散歩するならば、裏庭は選ばないだろう。

そう伝えても、マントイフェル卿はそうだろうか？　と首を傾《かし》げる。

「わたくしだったら外の寒さと裏庭のおぞましい雰囲気を前に我に返って、回れ右をして暖かい布団に潜り込みます」

「そんなに恐ろしい場所なんだ」

「ええ。一度、確認なさいますか？」

「……」

イルマの遺体が発見された湖を、マントイフェル卿は一度も見ていないらしい。

現場に行こうと誘った途端に、表情が凍り付く。

やはり、マントイフェル卿もイルマの死に囚《とら》われているのだろう。

「行ったことがないのならば、余計に行くべきだと思いますわ」

そう言って立ち上がり、庭に咲いていたヒヤシンスを摘んで花束にする。

「リオン様、いかがなさいますか？」

「わかった。行くよ、イルマのもとに」

驚くほど固い声だった。

きっとマントイフェル卿はこれまで、イルマが死んだのは自分のせいだと責めていたのだろう。

「ララ、僕も彼女に花を手向けたいから、庭の花を摘んでもいい？」

「ええ、どうぞ」

コテージの庭は雑草が生え放題だったが、きれいに整えたら美しい花がいくつも植えられていることに気付いた。

そんな庭にある花の中で、マントイフェル卿はノースポールの花を選んで摘み取っていた。

ノースポールの花束を手にし、立ち上がったマントイフェル卿の顔からは、迷いが消えているように見えた。

「ララ、行こう」

「ええ」

空は晴天なのに、やはり侯爵家の裏庭は薄暗い。

昨晩、雨が降ったからか、余計にジメジメしているような気がする。

「ララ、地面がぬかるんでいるから、気を付けて歩いてね」

「わかりました」

マントイフェル卿は侯爵家の裏庭に初めて足を踏み入れたようで、目を見張っていた。

「それにしてもここ、こんなにも暗くて湿っているんだ」

「表の庭とは、ぜんぜん雰囲気が違いますよね」

「うん。ここは、夜はさぞかし不気味なんだろうね。たしかに、女性ひとりじゃ行くのにかなり勇気がいる」

昼間でも立ち入るのが恐ろしいと言った意味を、正しく理解してくれたようだ。

問題の湖の前で、マントイフェル卿はヒュッと息を呑《の》み込《こ》んだ。

「これは――」

以前、ローザと共にやってきたときとは異なり、湖のほとりにスノーフレークの美しい花が咲いていた。

「ララ、あの花は毒草だ。近付かないほうがいい」

「そ、そうなのですね。知りませんでした」

スノーフレークはメンドーサ公爵家の庭にもあった。

春先になると、かわいらしい釣り鐘状の小さな花を咲かせるのだ。

湖から少し離れた場所に、彼女へ手向ける花を置いておく。

イルマの魂が穏やかになるように、マントイフェル卿と共に祈りを捧《ささ》げた。

最後に、家から持ってきた革袋に入れていた水を振りかける。

「ララ、それは何？」

「ヴァルカーノでは事故現場などに花を手向けるさいに、悪《あ》しき存在が近付かないよう、水を振りかけて魔除《まよ》けをするんです」

「へえ、そうなんだ」

目的はそれだけではなかった。

湖でする予定だったが、スノーフレークがあるならば近付かないほうがいい。

すぐ近くに大きな水溜まりを発見する。これでも充分伝わるだろう。

「リオン様、イルマ嬢が湖に浮かんで発見されたのはご存じですか？」

「知っているけれど、それがどうしたの？」

「湖で溺れたのならば、翌日に浮かんで発見されるのはおかしくないですか？」

「……」

首を傾げるマントイフェル卿に、空気を吹き込んで膨らませた革袋を水溜まりへ浮かべる様子を見せる。続いて、水溜まりの水を革袋に入れたものを水溜まりに落とした。すると、浮かばずに沈んでいく。

それを目にしたマントイフェル卿は、ハッと肩を震わせた。

「そうだ。溺れて死んだのならば、水をたくさん飲んでいるから、体は水底に沈むはずなんだ。つまりイルマは――――!?」

遺体が浮かんで発見される理由《わけ》はひとつしかない。

「誰かに殺されたあと、湖に放り込まれたんだ」

いったい誰がイルマを手にかけたのか。

犯人捜しが私達の課題だった。

「ララ、イルマの事件の調査をすることについて、一度侯爵夫人に話しておこう。それでももしも反対されたら――」

「ええ、無理にしようとは考えておりません」

この事件について調査したいのは、私の個人的な我儘《わがまま》である。

それに踏み込んだ結果、危険な目に遭うかもしれないし、侯爵夫人が迷惑に感じる可能性だってあるのだ。

反対されたのならば、あっさり引くつもりである。

「マントイフェル卿は大丈夫なのですか？」

「僕？」

「ええ。イルマ嬢の事件を調べることに、忌避感などはないのですか？」

「ないよ。むしろ、きちんと調査したいって思っている」

これまでマントイフェル卿は、イルマの死についてあまり考えないようにしていたらしい。

「けれども君が指摘するとおり、不審な点が引っかかる」

「もしも危険な目に巻き込まれてしまったら――」

「そのときは僕が君を守るから安心して。これでも、何度も命の危機を掻《か》い潜《くぐ》ってきたから」

「ありがとうございます」

マントイフェル卿の協力があれば心強い。

その前に、侯爵夫人へ話をしよう。

屋敷に戻ると、侯爵夫人は私達を神妙な面持ちで見ていた。

ガッちゃんも私のもとへやってきたけれど、少し様子を窺うように見上げてくる。

「なんなの、ふたり揃《そろ》ってやってきて」

「実は、侯爵夫人に話があるんだ」

「なんだか嫌な予感しかしないわ」

少し気まずい雰囲気の中、淹れ直した紅茶を囲んで話し始める。

ガッちゃんはテーブルの端っこで、静かに角砂糖を噛《か》んでいた。

「侯爵夫人、実は僕ら――」

「け、結婚はまだ早いんじゃない!?」

マントイフェル卿の言葉を制すように、侯爵夫人が早口で捲《まく》し立《た》てる。

「え、結婚？」

まさかの反応に、マントイフェル卿はキョトンとしていた。

シーンと静まり返る中、侯爵夫人は自らの早とちりに気付いたようだ。

「もしかして、結婚したいという話じゃないの？」

「違うよ」

「まあ、紛らわしい!!」

私達がこれまでになく打ち解けた態度でやってきたので、結婚の報告に来たのではないか、と勘違いしてしまったという。

「結婚じゃなかったら、なんなの!?」

「イルマの事件について調査したいんだ」

「そんなことだったの——え？」

「もしかしたらイルマは、誰かに殺されてしまったのかもしれない。だから、真実を暴きたいんだ」

侯爵夫人は瞳を見開き、口元を戦慄《わなな》かせる。

「イルマについて調査することを報告しておきたくて、ララとふたりでやってきたんだ」

「どうして……どうして今さら、調査したいって思ったの？」

まるで押しつぶされてしまいそうな、重苦しい空気が流れる。

侯爵夫人の問いかけに、腹を括《くく》っていたらしいマントイフェル卿が答えた。

「彼女が亡くなってから三年も経つのに、足枷《あしかせ》のように精神が囚われているような気がしていて……。なぜ命を散らしてしまったのか、はっきり理由がわかったら、本当の意味でイルマの死を受け入れられるような気がするんだ。それは僕だけじゃなくて、侯爵夫人も同じでしょう？」

「それは……」

ここ最近、侯爵夫人は以前に比べて元気になった。

けれども時折悲しげな表情を浮かべ、誰も寄せ付けない空気を放つ時間がある。

そういうとき、侯爵夫人はイルマについて考えているのだろう。

「僕とララが絶対に真実を暴くから、少しの間だけ待っていてほしい」

マントイフェル卿は侯爵夫人の手を握り、頭を下げる。私もあとに続いた。

彼はまっすぐな瞳で見つめる。そこで、侯爵夫人は何かに気付いたようだ。

「リオン、あなたは先の見えない靄《もや》の中で、〝一筋の光〟を見つけたのね」

「そうなんだ。侯爵夫人もきっと、抜け出せるから」

絶対に無理はせず、危険な目に遭いそうになったら侯爵家を頼ること。

それを条件に、侯爵夫人は調査を許可してくれた。

◇　◇　◇

マントイフェル卿はまず、イルマの交友関係を調べてくれるらしい。

友人などの名簿は侯爵夫人が提供してくれた。

私はひとまず、レイシェルからイルマについて話を聞こう。

そんなわけで、久しぶりに彼女を招待することとなった。

「ララさん、お久しぶりね」

「ええ、本当に」

「元気だった？」

「このとおり、元気いっぱい暮らしております」

今日は天気がいいので、コテージの庭に招待した。

料理長から旬のルバーブを分けてもらったので、パイにしてみた。

レイシェルはルバーブが大好物だったようで、喜んでもらえた。

三切れほどパイを食べたレイシェルは、私の話に耳を傾ける。

「それで、聞きたいことってなんなの？」

「イルマ嬢について、少しお聞きしたくて」

「あら、どうして？」

レイシェルにはイルマの事件の調査をしていることについて打ち明けるつもりはない。

もしも何かあったときに、彼女にまで危険が及んでしまう可能性があるから。

そのため、事前に考えていた理由について述べた。

「実は、最近マントイフェル卿のことが気になっていまして」

「まあ！　そうだったの？」

「ええ。それで以前、マントイフェル卿はイルマ嬢の婚約者だった、なんて話を聞いていたものですから、彼女がどういう女性だったのか、気になってしまいまして」

さすがに侯爵夫人にはイルマについて聞けない。なんて打ち明けたら、レイシェルは納得してくれた。

「たしかにそうね。でも……」

恋の相手として、マントイフェル卿はオススメできない、とはっきり言われてしまう。それに関しては、私もそう思うと同意しそうになった。

「けれどもララさんの自由よね。ごめんなさい」

「いいえ」

私のほうこそ、嘘《うそ》を吐《つ》いてしまい申し訳なくなってしまう。

事件の解決のためだ、と自らを奮い立たせた。

「それで、イルマ嬢について教えてほしいのですが」

「ああ、そうだったわね。イルマについては——正直なところ、よく知らないと言ったほうがいいのかしら？」

「従姉《いとこ》ですのに？」

「ええ。実を言うと、彼女のことが苦手だったの」

てっきり仲がいいものだと思い込んでいたので、レイシェルの告白に驚いてしまった。

イルマはレイシェルよりひとつ年上だったが、幼少期から病弱で、食も細かった。そのため、双子のように体格や背丈がそっくりだったらしい。

「小さい頃は、よく遊んでいたし、仲がよかったわ。一番の親友のように思っていたときもあったの。でも——」

レイシェルの表情が暗くなる。イルマとの間に、何かがあったのだろう。

「イルマは体が弱いくせに元気いっぱいで、外で遊びたがったの」

それは十数年前――イルマが七歳、レイシェルが六歳の頃の話だった。

今でも鮮明に思い出せるほど、印象に残っている出来事だったようだ。

イルマは風に当たるとすぐに熱を出してしまうので、乳母から外へ行くことを厳しく禁じられていたらしい。

けれどもレイシェルが来たときは、乳母の監督の目が薄くなる。

「それで、外に遊びに行こうって誘われて、庭へ散歩に出かけたの」

イルマとレイシェルは楽しく遊んでいたようだが、数時間後、思いがけない事態になる。

「その日は少し寒い日だったわ。元気な子どもならばなんてことのない気候なんだけれど、病弱なイルマにとっては違った」

その日の晩、イルマは熱を出し、寝込んでしまったのだ。

「イルマのお母様やお祖母様《ばあさま》に、とっても叱られたの。私が連れ出したせいだって」

当時のレイシェルに、口答えなんて許されていなかった。

イルマから誘われて庭に出たなんて、言えなかったわけである。

「とても悔しかったけれど、次は気を付けたらいいと思っていたわ」

けれども、似たような出来事はその後も多発する。

「高価なティーカップを割ったり、ドレスを汚してしまったり、野良猫を屋敷に招いたり――すべてイルマがやったことなのに、最終的に私が悪者にされてしまったの」

いくらイルマが自分でやったと訴えても、レイシェルを庇《かば》う優しい子としか認識されなかったようだ。

「イルマは何をしてもいいように取られて、私は何もしていないのに悪く取られる。対照的だった」

いつも遊んでいたのが侯爵家で、レイシェルの味方がいない状況だったのも原因のひとつだったのだろう。

「イルマはたくさんの人に愛されて、お姫様のように育ったの。大公家の娘として厳しく育てられた私とは、天と地ほども扱いに差があったわ」

家格はレイシェルの実家のほうが上である。

本来ならば侯爵家の者達は、大公の娘であるレイシェルを丁重に扱わないといけない。

そうしなかったのは、皆が皆、イルマを目に入れても痛くないくらい愛していたからなのだろう。

貴族女性の在り方としては、厳しく教育されたレイシェルのほうが正しいのだ。

「だんだんと、イルマへの感情は醜く歪《ゆが》んでいったわ」

レイシェルの心がイルマから遠ざかっているのに、イルマはどんどんレイシェルを頼るようになっていたという。お茶会の主催ですらまともにできず、レイシェルに付き添いを頼んでくる始末である。それなのに誰も彼女を責めないどころか、甘やかし続けていた。

「自分自身のことは棚に上げて、私はいつしか彼女を憎むようになったの」

イルマはずっとレイシェルを頼りにしていたのだが、ある日を境に突き放すような行動を取るようになった。

「ひとりで夜会に参加して、倒れたなんて話を聞いたときは、少しせいせいしたわ」

いつもはレイシェルがイルマに寄り添い、休ませたり、ダンスの誘いを断ったりしていたらしい。けれどもひとりで参加したイルマは、加減がわからずに体力が尽きるまで踊ってしまったようだ。

「でもその日、イルマのことをマントイフェル卿が助けてくれたようなの」

イルマはレイシェルがいなくても、必ずどこからか助けの手が差し伸べられる。

どこにいても、イルマは本当の意味で困った状況にはならなかったのだ。

「イルマのことを、都合のいい恋物語の主人公のようだと思ったわ」

誰かに虐げられていても、体調不良に陥っても、王子様が颯爽《さっそう》と現れて手を差し伸べてくれる。

長年、イルマを支えてきたレイシェルの目には、衝撃的な光景に映ったようだ。

「私なんかいなくても彼女を助けてくれる人は大勢いるし、望みは口にせずとも自然と叶ってしまう。この世界はイルマのためにあるのではないか、と思った日もあったわ」

イルマは夜会で助けてくれたマントイフェル卿の名前を聞きそびれ、やきもきした毎日を過ごしていたらしい。

そんな状況の中、侯爵家にお茶を飲みに来ていた彼と運命的な出会いを果たす。マントイフェル卿のことで頭がいっぱいだったイルマは、彼に恋をしていたことに気付いたようだ。

「イルマは王族に嫁がせるために教育を受けていたはずなのに、マントイフェル卿との婚約はすぐに認められたわ。貴族女性が自ら結婚相手を選ぶなんて、前代未聞よ。それを聞いて、私は彼女と絶縁することにしたわ。だってありえないじゃない。今までたくさんの時間とお金をかけて叩《たた》き込《こ》んできたものを、一瞬で無駄にするような人と、お付き合いなんてできないから」

ふたりの婚約は仮初《かりそ》めのものだった。という話を、レイシェルは知らないようだ。

聞いていたら、イルマに対する感情も別のものになっていたかもしれない。

「愛する男性《ひと》、友人や知人、幸せな環境——何もかも手にするイルマが、妬ましかった。絶縁すると決めたのに、いつも彼女のことばかり考えていた」

なかなか婚約者が決まらないレイシェルは侯爵家で、ある場面を目撃してしまう。それは、マントイフェル卿と幸せそうに寄り添いながら歩くイルマの姿だった。

「その光景を見た瞬間、私は願ってしまったの。〝彼女がこの世から消えてなくなってしまえばいいのに〟って」

奇しくもその日の晩、イルマは行方不明となる。

レイシェルが目にした最後のイルマは、マントイフェル卿に告白した当日のものだったようだ。

当人達はまったく幸せではなかったのに、傍《はた》から見たら順調に愛を深める婚約者同士に見えたのだろう。

イルマがいなくなった、という話はレイシェルの耳にも届いていた。

「どうせ、マントイフェル卿のもとにこっそり行ったんじゃないかって思っていたわ。事態を軽く見ていたの」

翌日、彼女は遺体となって発見された。

「イルマの死を願ったから、本当に死んでしまったの！　愚かな私のせいだったのよ！」

「それは違いますわ！」

「間違いないわ！　私が、私がイルマを殺したの！」

レイシェルは頭を抱え、悲鳴にも似た声で訴える。

顔面蒼白《そうはく》で、額には汗がびっしりと浮かんでいた。

彼女を抱きしめ、そうではないと耳元で優しく囁く。

「あなたは悪くありませんわ。どうか、ご自分を責めないでくださいませ」

落ち着きを取り戻したレイシェルは、イルマの死後について語り始めた。

「私は自分の罪を償うように、イルマがしていた慈善活動を引き継いだの」

周囲が止めるほど、レイシェルは慈善活動に打ち込んでいたようだ。

「養育院にはイルマを慕う子ども達がたくさんいて、もう来ることができないと言ったら悲しんでいたわ。どれだけ同じように慈善活動をしても、彼女の代わりにはなれなかったの」

けれども、レイシェルは子ども達にすぐに受け入れられた。

「イルマが私について、子ども達に話していたようなの。〝とても優しくて、年下なのにお姉ちゃんみたいな、世界一すてきな女性だって〟……。それを聞いた私は、子ども達の前だったのに、声をあげて泣いてしまったわ」

イルマがどれだけレイシェルを愛していたか、亡くなったあとに知ったという。

「彼女の私に対する愛は、本物だったの！　心から私を大切に想《おも》ってくれていたのよ！」

長年、レイシェルはイルマに都合よく利用されているだけなのだ、と考えていたらしい。イルマがいなくなってから、本当の気持ちに気付いたようだ。

「私はどうしようもなく嫉妬深くて、卑屈で、愛される努力をしていないのに、いつだってイルマを妬んでいた。大公の娘だからって、傲慢《ごうまん》に生きていたところがあったの。そんな私が、イルマと同じように愛されるはずもないのに、気付いていなかったのよ」

謝りたくても、イルマはこの世にいない。

墓前で話しかけても、言葉なんて返ってこないのだ。

「脇目も振らずに慈善活動をしていたら、いつの間にか〝ビネンメーアの聖女〟なんて呼ばれていたわ。本来ならば、イルマが得るはずだったのに、私が奪ってしまうなんて皮肉よね」

「いいえ、そうは思いません。聖女という異名で呼ばれるほど、慈善活動に精を出していた事実はたしかにあるのですから」

レイシェルは瞳を潤ませる。ぱちぱちと瞬《まばた》きをしたら、涙が零《こぼ》れた。

「ララさん、ありがとう」

ビネンメーアの聖女に、このような理由があったなんて思いもしなかった。

レイシェルも長年イルマの死に囚われていたというわけである。

「ごめんなさい。こんな話をするつもりはなかったのに」

「いえ」

想像していた以上に、レイシェルのイルマに対する気持ちは大きく、複雑なものであった。

イルマというベールに包まれた女性の姿が、レイシェルのおかげで露《あら》わになっていく。

「いろいろ言ったけれど、イルマのことは気にしなくてもいいわ。ララさんはすてきな女性だから、マントイフェル卿も心を開いてくれるはずよ」

「ありがとうございます」

落ち着きを取り戻したレイシェルは、私を侯爵家に導いた理由についても打ち明けてくれた。

「ララさんをここに連れてきたのも、贖罪《しょくざい》みたいなものだったわ。イルマが亡くなってからのお祖母様は、見ていられないほど弱りきっているのに、他人の力を借りようとしないから。イルマについて知らないララさんだったら、頼ってくれるかもしれない。そんな目論見があったのよ」

レイシェルは私の手を握り、感謝の言葉を口にする。

「いつもお祖母様を支えてくれて、ありがとう。ララさんこそ、私達にとって聖女だわ」

「聖女だなんて、私には過ぎた言葉です」

「謙遜《けんそん》しないで」

それからレイシェルは、ぽつり、ぽつりとイルマについて話を聞かせてくれた。

「イルマったら、本当に要領がいい娘《こ》で、私がなるはずだった王妃殿下の侍女にも抜擢《ばってき》されたのよ」

良家の娘にとっての花嫁修業として、王妃の侍女を務める慣習があるらしい。

期間は一週間ほどで、そこまで長くはない。

話が持ち上がった当初はレイシェルが行く予定だったのだが、婚約者が決まっていないからとイルマが行くことになったという。

「決定が直前で、私はもう準備もし終えていたのになんで!?　って憤ってしまったわ」

イルマはレイシェルが用意した花嫁修業の道具を持って、王宮に向かったという。

「本当に腹立たしかったけれど、私の花嫁修業もすぐに決まったの」

イルマから何度か「王妃殿下のもとに行く前に会いたい」と言われていたようだが、すべて断っていたらしい。

「王宮へ行く前日に、一通の手紙が届いたわ。そこにはある忠告が書かれていたの」

それは、深夜に庭の西にある東屋へ行ってはいけない、というものだった。

「男女の幽霊が出るのですって。なんだか不気味な話だったわ」

もちろん真面目なレイシェルは幽霊を確認になんて行かず、一週間、王妃の侍女を立派に勤めあげたようだ。

◇　◇　◇

レイシェルとのお茶会の三日後に、マントイフェル卿が私のもとを訪れる。

今日はフロレンシが庭で遊んでいるタイミングで現れた。

「わあ、リオンお兄さんだ！」

フロレンシはパッと花がほころぶような笑みを浮かべたかと思えば、マントイフェル卿のもとへ駆けていく。

すぐにあとを追いかけたのに、フロレンシは目にも留まらぬ速さで全力疾走するので、あっという間に距離が離される。どうせ追いつけやしない、と途中で諦めてしまった。

これまではフロレンシが突然走り出しても追いつけたのに……。私の足が遅くなったのか、フロレンシが成長したのか。どうか後者であってほしい。

フロレンシが勢いよくマントイフェル卿の懐に飛び込む形となったが、びくともせずに抱きとめてくれたようだ。そのままフロレンシを抱き上げ、こちらへ歩いてくる。

「お母さん、見てください。リオンお兄さんはとても力持ちです！」

幼少期より、こうして抱き上げられることもなかったからか、フロレンシは目を丸くして驚いているようだった。

私にだってあれくらいできる！　と思ったものの、最近、フロレンシは以前よりも少しふっくらしてきていた。無理は禁物だろう。

それにしても、マントイフェル卿がコテージのほうにやってくるのは珍しい。何か用事があるのだろうが。

「マントイフェル卿、本日はどうなさったのですか？」

「これをレンに渡そうと思ってね」

今日はフロレンシに木製の剣をお土産《みやげ》として持ってきてくれたようだ。

なんでもずっと、フロレンシは剣を習いたかったらしい。

「リオンお兄さん、いいのですか？」

「いいよ」

マントイフェル卿は剣を手に瞳を輝かせるフロレンシを見ながら、優しく微笑む。それだけでなく、頭を撫でていた。

「レン、少し教えてあげようか？」

「はい！」

庭の真ん中で、フロレンシはマントイフェル卿から剣を習う。

お遊びの一環かと思いきや、ふたりとも真剣に打ち合っていた。

そんな様子を眺めていたら、フロレンシの背が少しだけ伸びていることに気付いた。いつも近くにいるので、わからなかったのだろう。

ここにやってきてからというもの、フロレンシに対して少し過保護だったのかもしれない。少し離れていくだけで、追いかけていたような気がする。

こうして見ると、フロレンシはひとつひとつの挙動が慎重で、考えもなく動き回るようなタイプには見えなかった。

今日みたいに遠くで見守っておく、というのも大事なのかもしれない。マントイフェル卿のおかげで、気付くこともできた。

フロレンシは私が見ていることに気付くと、嬉しそうに微笑みながら手を振っていた。

幼かった弟は日に日に大きくなっている。顔立ちも、ずいぶんとしっかりしてきているようにも見えた。常に注意深く見ておく必要も、なさそうだ。

私はガッちゃんと一緒に、フロレンシが剣を吊《つ》り下《さ》げられる紐《ひも》を編み始める。

休憩を入れつつ、一時間ほど行った。

フロレンシは汗でびっしょりになったようで、従僕に頼んでお風呂に入れてもらうように命じた。

「ララの家、従僕もいるんだ」

「ええ。男手が必要だろうから、と侯爵夫人が雇い入れてくださいまして」

「ふ――ん」

少し不貞腐《ふてくさ》れたような態度で言葉を返す。

「どうかなさったのですか？」

「いや、僕は一度も家の中に入ったことなんてないのに、あの従僕は自由に出入りできるんだって思ったら、少し面白くないなって思っただけ」

少しと言った割りには、恨みがましいような視線を向けてくる。

「お茶くらいだったら、家の中でも振る舞いますが」

「本当!?　あ、でも、レンや侯爵夫人の許可がないから、今日はここでいいや」

あっさりとお断りされてしまう。

マントイフェル卿は私が一歩踏み出すと、逆に引いてしまうようだ。いい勉強になった。

「では、少しこちらでお待ちください」

事前に手紙でマントイフェル卿が訪問することを知っていたので、朝から木苺《きいちご》のタルトを焼いていたのだ。

家から持ってくると、マントイフェル卿は「おお」と声をあげた。

「もしかしてそれ、ララが焼いたお菓子？」

「ええ、もちろんです」

ヴルカーノでは木苺のシーズンは雨期の辺りだが、温暖な気候のビネンメーアでは春先に市場に並ぶらしい。

少し酸味が強いと聞いていたので、ジャムにしたものをタルトにしたのだ。

切り分けてあげると、嬉しそうに頬張ってくれる。

「うーん、おいしすぎる。ララってば、お菓子作りの天才だな」

「そのようにおっしゃっていただけると、作った甲斐《かい》があったというものです」

「もしかして、僕のために作ってくれたの？」

「それは——誰だって、お茶会を開く日は、おいしいお菓子を焼くのが礼儀です」

「旦那さんでも？」

マントイフェル卿は私の夫について話題に出すのがお好きらしい。

は——、とため息を吐いたあと、答えてあげた。

「夫にお菓子なんて作りません。そもそも甘い物が好きかどうかさえ、知りませんので」

「へえ、そうなんだ。夫婦なのに、好みも把握していないいんだね」

「貴族の結婚なんて、そのようなものですわ」

子どもを産んだあとは、一切会話をせず、別居状態の夫婦だって存在する。

愛し合って結婚する一般的な夫婦と、貴族の夫婦は在り方が異なるのだろう。

「な――んか気に食わないな」

「今後、夫のことは気にしないでくださいませ」

そう言いつつ、ふた切れ目のタルトをお皿に置いてあげる。すると眉間の皺《しわ》は解《ほぐ》れ、にこやかに食べ始めた。

マントイフェル卿の機嫌は、タルトで直るらしい。単純でよかったと思う。

「あー、そうそう。本題へ移るけれど、イルマについて、いろいろ調べたよ」

まずは交友関係について。

イルマを慕っていたご令嬢はたくさんいたようだが、特別深い関係にある人はいなかったらしい。

「彼女はとても病弱でね、茶会や夜会にはあまり顔を出さないほどだったんだよ」

イルマは家柄や年齢など関係なく、気さくな態度で接していたらしい。

飾らない自然体な人柄が、人気を集めていたようだ。

「一番仲がよかったのって、従妹のレイシェルだったと思う。けれども彼女は、イルマのことをよく思っていなかったんじゃないかな？」

なんでもマントイフェル卿の目には、レイシェルの存在がイルマの引き立て役に見えていたらしい。見かけるたびに、気の毒に思っていたようだ。

「そのお話は先日、彼女から直接聞きました」

「あー、やっぱり、本人も自覚があったんだ」

レイシェルの話で思い出す。イルマが手紙で伝えた忠告がなんだか引っかかっていたのだ。

「あの、リオン様は王宮にある庭の、西に位置する東屋についての噂話は何かご存じですか？」

「西方と言えば、王族専用の庭だった気がするけれど」

関係者以外立ち入りが禁じられているようだが、王妃付きの侍女であれば立ち入ることも可能だと言う。

「そこがどうかしたの？」

「いいえ、男女の幽霊が出るとか、そういった類いの噂があるようで」

「聞いたことないな」

ゴッドローブ殿下は庭に散歩へ出かけることはないらしく、マントイフェル卿でも足を踏み入れたことはないようだ。

「イルマが幽霊を怖がっているならば、余計に夜の裏庭には足を踏み入れないだろうね」

「ええ。きっと、何か大きな目的があって、向かったに違いありません」

その理由がよくわからない。

イルマの交友関係が案外狭いと明らかになった今、次なる調査をどこに伸ばせばいいのかわからなくなってしまった。

「とりあえず、東屋に幽霊を見に行ってみる？」

「どうやって行くのですか？」

「偶然なんだけれど、こういう手紙を受け取っていて」

私に差しだされたのは、王家の家紋で封がなされた手紙であった。

宛名は私で、差出人は王妃である。

「バッタリ王妃殿下に会ってしまって、侯爵家に行くと言ったら、ララにこの手紙を渡すように言われたんだ」

「王妃殿下が、いったいわたくしになんの用事なのでしょうか？」

「よくわからないけれど、会いたいみたいだよ」

便箋を開いてみたら、マントイフェル卿が言っていたとおり、お茶でも飲んでゆっくり話したい、と書かれていた。

「王妃殿下に呼び出される心当たりってある？」

「そうですね……。もしかしたら、以前、公妾であるカリーナ様の招待を受けて彼女に会ったので、その話が耳に届いてしまったのかもしれません」

「たぶん、それが理由だろうねえ」

マントイフェル卿と顔を見合わせ、互いに苦笑いしてしまった。

「と、そろそろお暇《いとま》しようかな。ララの傍が居心地よくって、長居してしまった。ごめんね、迷惑でしょう？」

出会った当初は彼が苦手でならなかったのだが、今は不思議と一緒に過ごしていて嫌な感じはしない。そんな気持ちを、素直に伝えてみた。

「いいえ、迷惑ではありません」

「ララ、それは本当に？　気を遣っているわけではなく？」

「はい。嘘は言いませんわ」

どうしてそう思ってしまったかはわからないので、それ以上の言葉はかけられなかった。けれどもマントイフェル卿は嬉しそうににっこり微笑みながら「だったらよかった」と言ったのだった。

◇◇◇

王妃の招待を受けてしまった。

侯爵夫人に相談したところ、「あら、人気者ね」なんて返されるばかりだった。

楽しんでくるようにと言われたものの、そんな余裕があるとはとても思えない。

公妾にお土産を持っていったのと同じように、王妃にも何か用意しなければならなかった。

当然、公妾と同じレースのハンカチなど許されないだろう。

ガッちゃんと共に考えた結果、レースの肩掛け《ショール》を作ることに決めた。

これまで小さな蜘蛛細工しかしていなかったので、肩掛けのような大きなものを作るのは久しぶりである。

「ガッちゃん、頑張ろうね」

『ニャア！』

模様はビネンメーアの国旗にも入っている、百合の花《フルール・ド・リス》をメインのモチーフにして編んでみた。

繊細な模様なので、いつもより時間がかかるだろう。意を決し、ガッちゃんと一緒に、蜘蛛細工を始める。

これまでにないくらい集中し、糸車を回すように魔力を紡いでいく。魔法陣を描くと、その中をくぐるようにガッちゃんが大きく弧を描いて飛んでいった。

雲のようにフワフワしたガッちゃんの体が白く輝いた。

私は脳内に糸で編みたい模様のイメージを膨らませて指先を動かすと、連動するようにガッちゃんの足先から魔法の糸が生まれ、どんどん模様が描かれていく。

『ニャ、ニャ、ニャ――――！』

「ガッちゃん、その調子！　頑張りますわよ！」

『ニャ！』

奮闘すること三時間ほどで、肩掛けを完成させた。

『ニャア！』

「ガッちゃん、最高傑作ができましたわ！」

思っていた以上にすてきな品ができあがったので、ガッちゃんと一緒に小躍りしてしまう。

「これを手で編もうと思ったら、半年以上はかかるでしょう」

『ニャ』

ガッちゃんが協力してくれたおかげで、すばらしい品を贈ることができそうだ。

肩掛けはベルベットが内張りされた木箱に入れ、包装紙で包み、リボンをかける。

きっと王妃も喜んでくれるだろう。

そんなこんなで迎えた当日——マントイフェル卿のお迎えを受け、王宮を目指した。

「やあ、ララ。すてきな装いだね。もちろん、それを纏《まと》う君が一番美しいんだけれど」

「ありがとうございます」

新しく仕立てた真鴨色《ティールブルー》のドレスは、王妃との面会だからと侯爵夫人が用意してくれた一着であった。

「侯爵夫人ってば、ララのことを孫娘のようにかわいがっているよね」

孫娘なんて思うのはおこがましい。

けれども侯爵夫人は本当の家族のように扱ってくれる。私達姉弟にとって、どれだけありがたいか……。

「さあ、行こうか」

「はい」

まずは王宮に行って王妃と会い、そのあとマントイフェル卿と落ち合って夜まで時間を過ごす。

イルマが言っていた深夜になったら、問題の庭へ潜入し、様子を窺いに行く、という作戦だ。

侯爵夫人には、作戦内容をそのまま伝え、帰りが遅くなることを把握してもらっている。

フロレンシにも上手く話してくれるようで、心配するなと言って送り出してくれた。

「ララと深夜まで何をしようか、ドキドキして夜しか眠れなかったんだ」

きちんと睡眠は摂《と》っているではないか、という言葉が出てきそうになったものの、喉から出る寸前で呑み込む。

これから先、彼と数時間過ごすことになるのだ。いちいち軽口の相手をしていたら、疲れてしまうだろう。

マントイフェル卿の世間話を聞いているうちに、目的の場所に到着した。

エントランスには王妃の侍女が大勢待ち構えていて、丁重な様子で案内される。

マントイフェル卿は私の肩を軽く叩いたあと、どこかへいなくなった。

王妃の前で粗相をしないか不安だったが、逃げ出すわけにはいかない。

ガッちゃんだって、髪飾りに扮《ふん》した状態で付き添ってくれている。私はひとりではないのだ。

侍女に導かれ、ようやく王妃とご対面となる。

王妃の部屋は豪奢《ごうしゃ》な水晶のシャンデリアが輝く、品のよい家具が絶妙なバランスで配置された瀟《しょう》洒《しゃ》な一室であった。

私を迎えた王妃は、淡く微笑んで声をかけてくれた。

「ドーサ夫人、久しいな」

「王妃殿下、お目にかかれて光栄ですわ」

スカートを軽く摘んで膝を落とし、深々と頭を下げる。

「面を上げて、ゆっくりするがよい」

「はい」

まずはガッちゃんと一緒に作った肩掛けを王妃に献上する。

「王妃殿下、こちらは手作りの品でございます。お気に召していただけたら嬉しいのですが」

侍女が受け取り、王妃のもとへ運んでくれる。

リボンを解《ほど》いて開封し、蓋を開くと、王妃は目を見張りながら肩掛けを手に取った。

「これはすばらしい品だ。模様も、国を象徴とする百合《ゆり》が美しい。ここ最近、少し冷え込む時間があるので、ありがたく使わせていただこう」

どうやらお気に召していただけたようで、ホッと胸をなで下ろす。

「噂で聞いたのだが、ドーサ夫人は妖精の力を借り、レースを編むことができるらしいな」

「はい、そのとおりでございます」

「もしやこの品も、ドーサ夫人が作った品なのか？」

「ええ、わたくしと契約している妖精と共に、王妃殿下を思いながら作りました」

「なるほど。すばらしい腕前だ」

王妃は肩掛けを羽織り、どうだと侍女に聞く。

「とてもお似合いです」

「本当に」

王妃は満足したように頷く。なんとか贈り物作戦は成功したようだ。

「突然呼び出す形になったが、このような品を贈ってくれて、心から嬉しく思う」

「わたくしも、お声をかけていただき、光栄です」

王妃は何かお返しをしたい、と言って侍女に何やら耳打ちしていた。

気持ちだけ受け取りたいのだが、強く遠慮するのも失礼だろう。

いったい何を贈ってくれるのか。

ハラハラしながら待っていたら、想定外の品がテーブルに置かれた。

「こ、こちらは――!?」

首飾りを目にした瞬間、目が眩《くら》んで頭が真っ白になる。

この首飾りは時間が巻き戻る前に、私が盗んだと罪をなすりつけられ、処刑される原因となったものだった。

嫌な感じで胸がバクバクと高鳴り、吐き気にも似た気持ち悪さがこみ上げてきた。

すぐにでも横になりたいものの、今は王妃の前にいる。

最後まで背筋をピンと伸ばして、やり過ごさなければならない。

ガッちゃんは私の異変に気付いたのか、気遣うように小さな声で『ニャニャ……』と鳴いていた。

大丈夫、とばかりに微《かす》かに頷いておく。

王妃は首飾りに触れながら、持ってきた理由について話し始めた。

「以前会ったときに、この首飾りを熱心に見ていただろう? 気に入ったのならば、ドーサ夫人に譲ろうと思ってな」

私の不躾《ぶしつけ》とも言える視線に、王妃は気付いていたようだ。そういう意味で見ていたのではない、と首を横に振る。

「わたくしは、そのようなお品を受け取る権利などありません」

「しかし、このようなよい品を受け取っておきながら、何も返さないのは誠意に欠けるだろう」

王妃は心から肩掛けをお気に召してくれたようだ。今も嬉しそうに触れている。

「そちらの肩掛けは、王妃殿下に対するご挨拶……みたいな品でして……それ以上の意味はございません」

くらくらする状況の中で、絞り出すように言葉を返す。

「しかし、この肩掛けはこの首飾りに匹敵するほどの品だろう。ドーサ夫人はレースが〝糸の宝石〟だと呼ばれているのを、知っているだろうか？　この国では絹自体が大変貴重で、こういった精緻なレースを編める職人は稀少《きしょう》。それゆえ、極めて高値で取り引きされているのだ」

王妃からの話を聞いて、私は間違った行動をしてしまったのだと気付く。

まさか、レースの価値がヴルカーノとビネンメーアでは異なっていたなんて。

ヴルカーノにはレース編み職人が大勢いて、屋敷に囲っている貴族も多い。

蚕糸《さんし》業も盛んで、各地で養蚕、製糸が行われていた。

「ビネンメーアの温暖な気候は養蚕に向かない。そのため絹製品は他国から買い付けるしかないのだ」

王妃の話を聞きながら、蜘蛛細工のことは他人に話すべきではなかったのだ、と後悔する。

まさか、レースがそこまで貴重だとは思ってもいなかった。

「この首飾りを受け取ってくれないと、私も納得がいかない」

「それでも、わたくしはいただくわけにはいかないのです」

王妃の片方の眉がピンと跳ね上がる。

厚意を無下にするような発言をしたので、無理もないだろう。

このままではいけない。そう思って、弁解する。

「わ、わたくしはヴルカーノからやってきた、新参者です。そんなわたくしがお品物をいただいた、と王妃殿下をお慕いする人達が知ったら、どうしてこのような女が？　と多くの人々が疑問に思うかもしれません」

事実、王妃派ではないのに、王妃より首飾りを下賜されたことが広まったら、私は針のむしろに座るような視線をこれでもかと味わうだろう。

「物事には順序がございますので」

「ならばドーサ夫人が私を支持する立場になればいい。ああ、そうだ。侍女として連れているならば、誰も文句など言わないだろう」

どうしてそうなってしまうのか。もう、体が限界を訴えていた。

この問題については一度、持ち帰ろう。どうすべきか、侯爵夫人に相談したい。

「ドーサ夫人よ、つべこべ言わずに持ち帰れ！」

王妃はそう言って、侍女に視線を送り何かを促す。王妃の手足となって動く侍女は首飾りを手に取り、私に付けようとした。

ヒヤリとした冷たい金属が首筋に触れた瞬間、記憶が鮮明に甦る。

それは、私の命を奪うためにもたげる死神の鎌によく似ていて……。

「――ッ!!」

舞台照明が落ちるように、私の目の前は真っ暗になった。

◇◇◇

『ニャア……』

ガッちゃんのか細い声で目を覚ます。

瞼《まぶた》を開くと、辺りが真っ暗なことに気付いた。

「ガッちゃん？」

『ニャ!!』

ガッちゃんが私の体によじ登り、指先にひっしと抱きつく。

どうやら心配をかけてしまったようだ。

「ああ、目を覚ました？」

続いて、マントイフェル卿の声も聞こえてきたのでギョッとした。

すぐに顔を覗《のぞ》き込《こ》まれ、目が眩みそうなくらいの美貌が眼前に迫る。

「どこか痛かったり苦しかったりしない？」

「は、はい。平気です。その、わたくしはいったい何をやらかしたのでしょうか？」

「王妃殿下と話をする中で、倒れてしまったそうだよ」

侯爵家に連絡をしようかと騒ぎになっている中、偶然マントイフェル卿が通りかかり、身元を引き受けてくれたようだ。

「ご迷惑をおかけしたようで」

「そんなことないよ。僕とララの仲じゃないか」

いったいどういう仲なのか。聞いたら脱力してしまいそうだったので、今は聞き流す。

「その、助けてくださり、ありがとうございました」

「気にしないで」

ひとまず侯爵家へは私が倒れたということは伏せて、予定していた時間よりも帰りが遅くなる、という旨を知らせてくれたらしい。

「おかげさまで、侯爵夫人やレンに心配をかけずに済みました」

マントイフェル卿が手回ししてくれてよかった。改めて感謝する。

起き上がろうとしたら、マントイフェル卿が私の手を握り、背中も支えてくれた。

「ララ、水を飲んで。お腹は空《す》いていない？」

「いえ、平気ですわ」

一杯の水を飲んだら、少しだけ頭がスッキリした。

「それにしても、王妃殿下相手に大胆な立ち回りをしたそうだね」

穴があったら入りたい。そんな気持ちに駆られる。

「あの場で倒れていなかったら、君はあの首飾りを押しつけられていただろう」

「考えただけでもゾッとします」

「でも、どうしてそこまで強く拒絶したの？」

あの首飾りだけは受け取るわけにはいかない。

どう説明しようか迷ったが、伝えても差し障りのない形に変えて説明してみた。

「夢をみたんです」

「夢？」

「はい。あの首飾りに似た品を、売りに行くように頼まれて持っていったのですが、そのあと、それは盗品であり、ビネンメーアの王妃殿下の私物だと発覚して――」

弁解など許されず、私の命は奪われてしまった。

そんな〝夢〟でみた話を、マントイフェル卿に聞かせる。

ポタ、と手の甲に雫《しずく》が落ちてくる。何かと思ったら、それは私の眦《まなじり》から零れたものだった。

考えるだけでも恐ろしいことなのに、口に出してしまったのだ。恐怖のあまり、涙してしまったのだろう。

突然泣き出したので、マントイフェル卿は驚いたに違いない。

彼にこんな姿を晒してしまうなんて恥ずかしい。

早く涙を止めようと思っても、これだけは制御できるものではなかった。

「わ、わたくしは――」

もう平気だと言おうとした瞬間、マントイフェル卿が私を抱きしめる。

「ララ、大丈夫。それはただの夢だから、気にしないで」

マントイフェル卿の優しい声が、不思議と胸にじんと沁《し》み渡った。

私は既婚者という設定で、夫以外の男性とこのように密着することなど許されていない立場にいる。そうでなくても他人に甘えてはいけないのに、今日は弱りきっているからか、マントイフェル卿を押し返す力なんてなかった。

彼の温《ぬく》もりを感じていくうちに、大荒れの海みたいだった心が落ち着きを取り戻す。

今日ばかりは、マントイフェル卿の優しさに感謝したのだった。


マントイフェル卿は私が泣《な》き止《や》むまで背中を撫でつつ、大丈夫だよと優しい声で囁いてくれた。ガッちゃんもハンカチを糸で編んでは、私の濡《ぬ》れた眦をせっせと拭ってくれる。そのおかげで、早く泣き止むことができた。

マントイフェル卿は私が落ち着いたあとも、手を握ってくれた。指先が震えていたので、心配してくれたのだろう。

他人の存在がここまでありがたいと思うなんて、生まれて初めてである。

もう大丈夫。そう気付けたら、先ほどの事態について冷静になって考えることができた。

静かに傍にいてくれたマントイフェル卿に、疑問を打ち明けてみる。

「もしも首飾りを受け取っていたら、わたくしはどうなっていたのでしょうか？」

「強制的に王妃派にされていただろう。もしかしたら、目的はそっちにあったのかもしれない」

「恐ろしい話です」

考えただけでもゾッとする。

自分の立ち回りが原因で立場を危うくしてしまうところだった。

「まさか、わたくしが夜会のさいに、王妃殿下の首飾りを眺めていたことに気付かれていたなんて」

「王族はそういった視線に敏感だからね。瞳は心の窓、なんて言葉もあるし」

特に王族の者達は、相手の言葉を引き出さずとも、何を考え、何をしようとしているのか察する能力があるらしい。

「幼い頃から、人々の心を読み取る術《すべ》をこれでもかって叩き込まれるんだ」

「もしかして、リオン様も？」

「まあ、そうだね。幼少期はいろいろ習ったよ」

マントイフェル卿自身も、何も言わずとも言動を見抜くことがこれまでに何度かあったのだ。

ただ単に勘が鋭いだけでなく、人の心の動きや意識の在り方について習っていたから、できたことなのだろう。

「困ったな。王妃殿下までララを気に入るなんて。ライバルが多すぎる」

「その、王妃殿下はわたくし自身ではなく、蜘蛛細工に興味があるんだと思います」

「そんなことないよ、絶対！　ララがとてつもなく魅力的だから、傍に置きたいって思ったんだ」

マントイフェル卿は拳を握り、熱く訴える。

その辺については話半分に聞いておいた。

「それはそうと、いい感じの深夜になったんだけれど、これからどうする？」

夜も更け、人々が深く眠るような時間帯らしい。

想像していた以上に、長く眠っていたようだ。

マントイフェル卿は予定どおり、王族専用の庭に忍び込むという。

「ララは無理しないほうがいいと思うけれど」

「いいえ、わたくしも行きます」

マントイフェル卿と話しているうちに眠気はスッキリ覚めたし、動き回る気力も回復している。

反対されるかもしれない、と思ったものの、マントイフェル卿は「わかった」と同行を認めてくれた。

「廊下で待っているから、着替えてくれる？」

ここで、着てきたドレスを脱がされ、寝間着姿になっていることに気付いてしまった。なんてはしたない恰好《かっこう》でいたのか。

当然ながら、コルセットなども外されている。その状態で、私はマントイフェル卿に抱きしめられたのだ。

今さらながら恥ずかしくなる。

「ドレスから寝間着に着替えさせたのは、王妃殿下の侍女だから安心してね」

「は、はい」

夜間に歩き回るための服装は、侯爵家から持参していた。

目立たないように、メイドが着ているようなエプロンドレスを選んだ。

「ララ、ひとりで着替えられる？　僕が手伝おうか？」

「いいえ、けっこうです」

きっぱり断ったのが面白かったのか、マントイフェル卿は笑いながら「わかったよ」と言って手を振りつつ、部屋から出て行った。

ガッちゃんの手を借りながら、メイド服を纏う。

髪は三つ編みのお下げにして、後頭部で纏めてピンを挿す。

メイドキャップを被ったら、どこにでもいそうなメイドの完成だ。

ガッちゃんは私の人差し指に指輪みたいにしがみついている。

「幽霊がでたときは、ガッちゃん、頼みますね」

『ニャ！』

ガッちゃんは糸で作った針を剣のように掲げ、勇ましい鳴き声をあげる。

彼女がいたら、幽霊も退治できそうな気がしてならなかった。

廊下に出ると、マントイフェル卿がにっこり微笑みかけてくれる。

「メイド服もすてきだね。美人すぎるのが問題だけれど」

「はいはい」

無駄話をしている時間がもったいない。褒めてくれるのは嬉しいが、今は急がなければならないだろう。

「ララ、こっちに来て」

マントイフェル卿は私の手を握り、薄暗い廊下を歩いていく。王家専用の庭に繋がる道にはすべて見張りの騎士がいるようだが、何か所か隠し通路があるらしい。

「王宮で何か騒動があったときに、逃げられるよう仕込んであるんだよ」

マントイフェル卿も幼少期に、出入り口を教えてもらったという。

行き着いたのはリネン室だった。ここに隠し通路があるらしい。

「幼い頃、よくここにやってきて、ひとりの時間を過ごしていたんだ」

なんでも母親や侍女、乳母の目を盗み、こっそり隠れていたらしい。

見つかる前に脱出し、何食わぬ顔で部屋に戻っていたのだという。

「生まれたときから人に囲まれる生活をしていたものだから、たまにうんざりしてしまうんだよね。そういうとき、ゲームをするみたいに人の目を掻い潜って、ここに来るのが楽しみで」

ここにいたらいつでも外の世界に逃げられる。辛いことがあっても、投げ出せるのだと自分を慰めていたらしい。

そういえば以前、マントイフェル卿はリネン室の匂いが好きだ、なんて話をしていた。

こういう場所にはメイドしか出入りしないので、知るはずもない匂いである。

彼が好きだと言ったのは想像もできないような理由があったのだ。

マントイフェル卿がリネン室の壁にペタペタ触れると、何かを発見したのか振り返る。

彼の横にしゃがみ込むと、驚くべき光景を目にすることとなった。

壁の木目に触れた瞬間、魔法陣が浮かび上がる。次の瞬間、マントイフェル卿は腰ベルトに吊るしていたナイフで指先を切りつけた。

血が滲《にじ》んだ指先を魔法陣に擦《こす》り付《つ》けると、ガコン！　と音が鳴る。

突然、床から地下に繋がる階段が出てきたのだ。

「これは――!?」

「王族の血が鍵になっているんだよ」

「ああ、なるほど。そういう仕組みだったのですね」

指は大丈夫か、と心配したら、思いがけないことを言われてしまう。

「ララが舐《な》めて治療をしてくれる？」

「リオン様……。傷を舐めたら雑菌が入って、数日寝込むような事態を招きます。よろしいのならば、いたしますが」

口の中には種々雑多な菌が存在するので、逆に危険だと言える。父の看病をするさい、その辺もしっかり学んだ。

命取りにもなる行為なので、彼も騎士ならば知っているはずだが……。

ちらりとマントイフェル卿を見ると、平然と言葉を返す。

「ララの菌に冒されて寝込むなんて、最高じゃん」

まさかの反応に、盛大なため息を吐いた。

「恐ろしいことをおっしゃらないでくださいませ」

非難めいた視線を送っても、マントイフェル卿はどこか嬉しそうだった。

「ララのそういう虫けらを見るような感じ、出会ったとき以来だなー。まさかまた見せてくれるなんて。その蔑むような視線、最高なんだよね」

目的はそっちだったのか、と呆れてものが言えなくなる。

ひとまず変態発言は無視し、傷口には蜘蛛細工で作った包帯を巻こうか。なんて考えていたら、別の着想を思いつく。

「蜘蛛細工で傷口を縫えばいいのでは？」

いい案だと信じて疑わなかったのだが、マントイフェル卿の顔は思いっきり引きつる。

「き、傷を縫うのはちょっと……」

「でしたら、包帯を巻かせていただきます」

想定していた以上に、サックリとナイフで切りつけていたようだ。

しっかり止血し、強めに包帯を巻いておいた。

「ララ、行こう」

「ええ」

マントイフェル卿は再度私の手を握り、階段を下りていく。

内部は石床が淡く光っているので、角灯《ランタン》などは必要ない。

五分ほど歩いた先に、出口があった。

庭は薔薇《ばら》が盛りを迎えていた。辺り一面が濃い芳香に包まれている。

「ララ、こっちだよ」

なんでもマントイフェル卿は上層階から庭を覗き込み、東屋のある場所を確認していたらしい。

迷路のように薔薇が植えられた庭を、迷いなくするする進んでいく。

「あの先を曲がってまっすぐ行った先に東屋があるんだけれど、幽霊がいたら大変だから回り道をして、後方から覗き込めるようにしようか」

「承知しました」

遠回りをし、やっとのことで東屋が見える場所まで行き着いた。

問題の東屋は白亜の柱がドーム状の屋根を支える、スッキリと洗練された佇《たたず》まいである。

私とマントイフェル卿はしゃがみ込み、様子を窺っていた。

身を隠すためとはいえ、想定以上に密着状態になり、落ち着かない気持ちになる。

ドキドキと胸がうるさく鳴っていたので、落ち着くようにと自らに言い聞かせた。

「ねえ、ララ」

唐突に耳元で囁かれたので、跳び上がりそうになるほど驚いた。

奥歯をぎゅっと強く噛みしめ、なんとか耐える。

「な、なんですの？」

「幽霊って信じる？」

「……」

幽霊というのは未練や恨みがあるあまり、地上に思いだけを残して存在するもの――と言えばいいものか。

「わたくしは、よくわかりません」

侯爵家の裏庭でも、幽霊の目撃情報はあったらしい。

けれどもたいてい、そういった不可解な存在は見間違いである場合が大半だ。

「魔力の集合体が淡く光った精霊もどきを、幽霊として勘違いする方も多くいらっしゃいますし」

「ああ、なるほど。そういうのもあるんだ」

ありえないと感じつつも、死んでも死にきれないような人達は幽霊になってしまうのもおかしな話ではない、と思ってしまうのだ。

「ですから、幽霊をはっきり目にしたら、やはりいたのか、と思ってしまうかもしれません」

「うん。僕もそんな感じだ」

イルマが見たという幽霊とは、いったいどのような存在なのか。

王家には血濡られた歴史などつきものだから、恨みを持つ幽霊のひとりやふたり、その辺を歩いていてもなんら不思議ではなかった。

草陰に身を隠し、東屋を監視すること一時間――。

見回りの騎士などいないし、王族がやってくる気配すらなかった。

「もしかしたら、イルマがメイドから聞いたデタラメな噂を本気にしてしまった可能性もあるよね」

「ええ……」

イルマは天真爛漫《てんしんらんまん》そのもので、他人を疑うことを知らない娘だったという。

その場しのぎの会話を、本気に取ってしまったのかもしれない。

「えーっと、どうしようか。僕個人としては、このままララと密着しているのも悪くないけれど」

「帰りましょう」

そう宣言し立ち上がった瞬間、東屋に人影を発見してしまった。

叫びそうになった口を両手で押さえ、その場にしゃがみ込む。

「ん、ララ、どうかしたの？」

東屋を指差し、確認するようにと身振り手振りで伝えてみた。

マントイフェル卿は姿勢を低くしたまま、東屋のほうを確認する。

「あれは――――！」

彼もまた、東屋に人のシルエットがあるのを確認できたようだ。

「おそらく女性だろうね。もう少し近付いたら誰かわかるかもしれないけれど」

こちら側に背中を向けて椅子に座ったようだ。

「ここに立ち入りができる女性は今のところ三人、ってところかな」

ひとりは王妃、もうひとりは公妾カリーナ、最後のひとりはマリオン王女――つまりマントイフエル卿である。

マリオン王女を除外するとしたら、あそこにいるのは王妃かカリーナということになるのだ。

もちろん、本物の幽霊である可能性もあるのだが。

「僕だけこっそり接近して、見てこようか？」

「これ以上接近するのは危険なのではありませんか？」

「大丈夫。ちょっと待っていて」

マントイフェル卿はゆっくり立ち上がり、草むらから一歩踏み出す。

その意識は、東屋一点に向いていたのだろう。

背後からやってきた人物に気付いたのは、声をかけられたときだった。

「おや、リオン。そこで何をしているのですか？」

突然やってきたのは、マントイフェル卿がよく知る人物、ゴッドローブ殿下だった。

護衛も連れずに、ひとりでいた。

「殿下のほうこそ、おひとりで何をしているのですか？　護衛は？」

「先に私の質問に答えていただけますか？」

ゴッドローブ殿下はにっこり微笑む一方で、いつでも余裕たっぷりなマントイフェル卿の表情は凍り付いているように見えた。

幽霊についての話が重要な情報だったら、ここで打ち明けないほうがいい。

そう思って、私はゴッドローブ殿下とマントイフェル卿の間に割って入る。

「申し訳ありません！　わたくしがここに来てみたい、とお願いしたのです！」

私の存在には気付いていなかったのだろう。ゴッドローブ殿下は目を丸くしていた。

こうなったら自棄《やけ》だ。

マントイフェル卿の腕にしがみつき、みっともなく見えるような言い訳をする。

「わたくし達、侯爵夫人に交際を反対されていまして、こうしてここで密会するしかなく……。悪

いのはすべてわたくしなんです。夫がある身でありながら、リオン様を誘惑してしまいました！」

ちらりとマントイフェル卿の顔を見上げたら、信じがたい、と言わんばかりの視線を向けていた。

演技をしているので、しっかり乗ってほしかった。

「リオン、彼女とこっそり交際していたというのは、本当なのですか？」

「あ……はい」

マントイフェル卿らしくない、歯切れの悪い反応であった。

こういうとき、ノリノリで演技できるタイプだと思っていたのだが……。

「なぜ、言ってくれなかったのですか！　あなたのためならば、いつだって協力したのに！」

「い、いえ、ただでさえ助けていただいているのに、私生活にまで手を貸していただくわけにはいかないと、思った次第で」

珍しく、マントイフェル卿は困惑したような表情で言葉を返していた。

もしかしたら私のたどたどしい芝居と設定に驚き、動揺しているのだろう。

その様子が私達の関係がバレて平静さを失っているようにも見えるので、功を奏したと言ってもいいのかもしれない。

「ただここは、私のような王族が夜に部屋を抜け出し、散歩をするような場所ですので、こっそり会うならば、別の部屋を用意しましょう」

「ご配慮、痛み入ります」

ゴッドローブ殿下は月と薔薇が美しい晩だったので、気分転換に散歩をしていたらしい。

「先ほど殿下を執務室から部屋まで送って、部下より寝所で眠ったようだと報告があったものですから、ここでお会いするとは思わず、とても驚きました」

「一番、抜け出したのを露見してはいけない人に見つかってしまったようですね」

ゴッドローブ殿下とマントイフェル卿は、お互いに気まずい出会いだったわけだ。

「私も無意味に歩き回っているわけではなくて、少々ここの風紀が乱れているという話を耳にしていたものですから」

「殿下……そういうことは、私に命じてください」

「ああ、そうだね」

王族の間でもいろいろあったようだ。華やかな世界に生きる人々という印象しかないが、内情は意外とドロドロしているのかもしれない。

「殿下、部屋まで送りましょう」

「ええ」

正規の道を通って帰るらしい。

最後に東屋を振り返ったが、先ほど見かけた女性の姿は忽然《こつぜん》と消えていた。

まさか、本当に幽霊だったのではないのか。

そう考えると、ゾッとしてしまう。

この日の調査は、ゴッドローブ殿下との邂逅《かいこう》により中止。

私の身柄はメイドに託され、マントイフェル卿と会話することなく侯爵家に向かう馬車に乗せられてしまった。

それにしても、ゴッドローブ殿下に会ってしまうなんて運が悪い。

言い訳として、私はマントイフェル卿と親密な関係にあると、咄嗟に嘘を吐いてしまった。良心がズキズキと痛む私のもとに、想定外の事件が知らされる。

王妃の首飾りが何者かによって盗まれたらしい。耳にした瞬間、ゾッと鳥肌が立った。

第2章　泥沼にはまり込む

なんでも王妃の首飾りは夜間に盗まれたらしい。

現在、騎士隊が調査しているという。

いったい誰がそのようなことをしたのか。なんて考えているところに、侯爵邸に騎士隊がやってきたという報告を受ける。

侯爵夫人が呼んでいるとメイドのローザから聞いた瞬間、恐怖に支配される。

まさか、犯人だと疑われているのではないか。

戦々恐々としながら客間へ向かう。

何もしていないのに、動悸《どうき》が激しくなる。

時間が巻き戻る前も、今日みたいに騎士が突然やってきたのだ。

重たい足を引きずるように歩いていると、ガッちゃんが気遣うように『ニャニャァ』と鳴いた。

大丈夫だ、と答えても、心配そうに頬《ほお》にすり寄ってきた。

ガッちゃんのフワフワな毛並みを感じていると、いくぶんか気持ちが落ち着く。

客間へ入ると、待ち構えていた騎士が立ち上がって敬礼する。

侯爵夫人が私を振り返り、憤るように言った。

「我が家に先触れもなく突然押しかけた失礼な騎士達が、あなたから話を聞きたいのですって」

「え、ええ」

騎士達に会釈し、侯爵夫人の傍《そば》の椅子に腰かける。

やってきた騎士達は、王妃の近衛騎士だと名乗った。

ひとりは二十代半ばの若い騎士。もうひとりは四十代後半くらいの騎士で、近衛部隊の隊長だという。

「ドーサ夫人に話をお聞きしたく、本日は参上しました」

「はあ」

彼らが聞きたかったのは首飾りの件ではなく、公妾《こうしょう》カリーナについてだった。

「その、少し前にカリーナ様と面会されたようですが、何か王妃殿下について話していたでしょうか？」

「なぜ、そのような質問を？」

「実は、首飾りを盗んだのはカリーナ様ではないか、という疑惑が浮上しておりまして」

思いがけない容疑者の名に、言葉を失ってしまう。

「ご存じかもしれませんが、王妃殿下とカリーナ様の関係は良好とは言えず、おふたりを支持する取り巻きが対立するという状況にあります」

なんでも先日、公妾の夜遊びがゴシップ誌に掲載されたらしい。

「カリーナ様は王族しか立ち入りできない庭に、男性を連れ込んでいたようです」

情報を提供したのは王妃ではないのか、と公妾は疑っていたらしい。

そういう騒動があったなんて知らなかった。

昨日、ゴッドローブ殿下が話していた風紀が乱れているという話は、この一件のことだったのだろう。

もしかしたら昨晩、東屋《あずまや》にいた女性は公妾だったのかもしれない。

きちんと確認できたらよかったのだが……。なんて考え事をしている場合ではなかった。

騎士は今回の事件について、熱く訴える。

「高貴な女性にとって、私物の管理はとても重要なことなんです。それが盗まれたとあれば、管理体制が杜撰《ずさん》だったと言うようなもの」

盗んだ人が悪いとはいえ、盗まれた王妃側にも不備があったことになるようだ。

「もしもカリーナ様が何か話していたのならば、教えていただこうかと——」

「それにつきましては、お答えする義務はございません」

「なっ！　ドーサ夫人は公妾派、という認識で間違いないでしょうか？」

「いいえ。わたくしはどちらかを支持しているつもりはございません。カリーナ様の騎士が訪れ、王妃殿下について話を聞かせてほしいと訴えても、同じようにお話しするつもりはありませんわ」

騎士の目をまっすぐ見て、言葉を返す。

ここでおじけづいたり、弱気な態度を見せたりしてはいけない。

毅然《きぜん》とした態度でいれば、相手も私を軽んじることなどないだろう。

「これ以上、お話しできることはありませんので、どうかお引き取りくださいませ」

私の言葉に続いて侯爵夫人にキッと睨《にら》まれた騎士達は、敵前逃亡するように去っていった。

扉が閉められ、足音が遠ざかっていく。

静けさを取り戻すと、は――――と盛大なため息を吐《つ》いてしまった。

やりすぎてしまったか、と侯爵夫人の反応を窺《うかが》う。すると、にっこり微笑《ほほえ》みを返してくれた。

「ララ、よくやったわ。騎士を追い返すなんて、普通の人にはできないことよ」

「しかしながら、相手は王妃殿下の近衛騎士でしたので、あれでよかったのかと心配です」

「いいのよ。心配なんていらないわ。あれくらい言わないと、騎士は強引な人が多いから」

今回やってきたのも、おそらく王妃の命令ではないだろうと侯爵夫人は言う。

なんでも近衛部隊の隊長は王妃が結婚した当初から任務に就いていたらしく、私情から動いた可能性があるようだ。

「王妃殿下のお気持ちを勝手に忖度《そんたく》して、やってきたに違いないわ」

「そうだといいのですが」

私が王妃から首飾りを見せられた当日に盗まれるなんて、タイミングが悪いとしか言いようがない。あのとき私が首飾りを受け取っていたら、今回の事件は起きなかったのだろうか。

考えただけで、頭がズキズキと痛む。

「それにしても、カリーナ様の醜聞がゴシップ誌に掲載されていたなんて」

「正直、国王陛下の相手をしながら、別に男を作るなんて難しいような気もするけれど」

国王の公妾への愛は相当なもので、今でも毎晩のように寝所へ通っているという。

「毎晩のように寝所に、ですか？」

「ええ、そうよ。カリーナ様の侍女を務めていた女性が暴露したようなの」

それもゴシップ誌に掲載されていた記事らしい。

「私、実はああいうくだらない記事を読むのが好きで、けっこう詳しいのよ」

堅苦しい文章で書かれている新聞よりも、読み応えがあるのだという。

いい暇つぶしになっていたようだ。

「国王陛下と毎晩のように共に過ごしているのであれば、首飾りを盗むのは難しい気もしますが」

「まあでも、誰かに盗むように命令することもできるわ」

自分の手を汚さずに盗んだ可能性もあるようだ。

「王妃殿下の金庫は寝所にあるはずだから、眠っているうちに盗ませたのでしょうね。大胆な犯行だわ」

寝所にと聞いて、ハッと気付く。

昨晩、公妾は国王と過ごしていた。ならば、東屋にいた女性の人影は王妃ではないのか。

彼女が庭へ散歩に行っている間に、首飾りは何者かに盗まれたに違いない。

ただ、あの人影が本物の幽霊である可能性も否定はできなかった。

ゴッドローブ殿下と話したあとに女性の姿は消えていたから。

ただ、庭にいたのが王妃であっても、何かに役立つ情報ではない。

問題は何も解決しておらず、再び深いため息を吐いてしまった。

◇◇◇

誰もが寝静まるような深夜、私はひとり眠れぬ時間を過ごす。

脳内にさまざまな問題が渦巻いていた。

イルマの死の謎について、命を狙われるマントイフェル卿《きょう》、王妃と公妾の不仲、因縁の首飾りが何者かに盗まれた件について――。

どれも中途半端に情報が集まるばかりで、解決に至っていない。

それよりも、ビネンメーアで静かに暮らすはずだったのに、不思議なことに社交界での問題に巻き込まれていた。

いったいどうしてこのような状態になってしまったのか、まったくもって理解不能である。

私の人生に平穏というものはないのかもしれない。

唯一よかったと思っているのは、フロレンシのことだ。

侯爵家でレベルの高い教育を受け、のびのび暮らしている。

楽しい日々を送っているようで、何よりである。

最近は背もぐんぐん伸び、少し大人びた顔を見せることもあった。

時間が巻き戻る前には見られなかった、フロレンシの健全に成長した姿である。

これからも彼を愛する大人達に囲まれ、元気よく育ってほしい。

そう願うばかりであった。

問題が山積みであるのはたしかだが、現在の私達は時間が巻き戻る前よりずっと恵まれた環境にいる。

あとは問題がひとつでも解決してほしいところだが……。

うとうとしはじめた辺りで、扉をコツコツと叩《たた》く音が聞こえた。

「ドーサ夫人、少しよろしいでしょうか？」

家政婦長であるアニーの声でハッと目覚める。起きているか寝ているか、わからないくらいの浅い睡眠状態にあったらしい。

このような時間に何用なのか。

寝間着の上から肩掛け《ショール》を羽織ると、ガッちゃんが肩に跳び乗ってきた。

「ガッちゃんも起きてしまったのですか？」

『ニャア』

フロレンシはぐっすり眠っているようなので、ホッと胸をなで下ろす。

彼を起こさないよう、小さな声で応じた。

「どうかなさったのですか？」

「来客です」

我が耳を疑うような言葉だった。もう一度聞き返しても、アニーはハッキリ、客が私を訪ねてやってきたと言う。

「このような時間帯に、いったいどなたがいらっしゃったの？」

アニーが口にしたのは、思いがけないような人物であった。

「ドーサ夫人を訪ねてやってきたのは、カリーナ・フォン・グラウノルン様とそのご子息レオナルド様、です」

「ああ……！」

額を押さえ、思わず声をあげてしまった。

公妾カリーナとご子息であるレオナルド殿下が、なぜか揃《そろ》ってやってきたようだ。

しかも、護衛や侍女を連れておらず、ふたりっきりで訪ねてきたという。

「外は冷え込んでいたので、客間に通しました」

「わかりました」

いったいなぜ、公妾がこんな時間に侯爵邸にやってきたのか。

しかも、面会する相手は侯爵夫人ではなく私だという。

私ひとりで対応できる相手ではない。深夜だが、侯爵夫人にも同席してもらわなければならないだろう。

着替えている暇なんてない。寝間着のまま、侯爵夫人のもとへ向かう。

寝室の扉を叩き、部屋に入って侯爵夫人を起こした。

「侯爵夫人、申し訳ありません。少しよろしいでしょうか？」

「……どうかしたの？」

侯爵夫人はすぐに目を覚ました。怒られるかと思っていたが、優しい声を返してくれる。

「実は、たった今、私を訪ねてカリーナ様とレオナルド殿下が、護衛や侍女も連れず、ふたりだけでいらっしゃったようで」

「なんですって!?」

深夜だというのに侯爵夫人は目をカッと見開き、よく通る声で叫んだ。

「おそらくなんらかの緊急事態に違いないわ。ララ、すぐに話を聞きに行きましょう」

「え、ええ」

侯爵夫人はキビキビとした動作で起き上がり、私の腕を引いて客間に向かう。

客間にいたのは、黒い外套《がいとう》に頭巾を深く被《かぶ》った公妾とレオナルド殿下だった。

私達がやってきた瞬間、母子《おやこ》は頭巾を外す。公妾は憔悴《しょうすい》しきった様子であった。レオナルド殿下とは初めて会うが、公妾そっくりである。

公妾は私と侯爵夫人を見るなり弾《はじ》かれたように立ち上がり、こちらへ駆けてくる。

それから流れるような動作でしゃがみ込み、額を床につけた。

「私達を助けて!!」

それは悲鳴にも似た懇願であった。

レオナルド殿下もあとに続き、片膝をついて頭を下げている。

「いったい、あなた達に何があったというの？」

公妾は涙を流しながら訴えた。

「このままでは王妃殿下に殺されてしまうの!!」

「なんですって!?」

ひとまず、落ち着かせたほうがいいだろう。

しゃがみ込んで公妾の背中を優しく摩《さす》り、長椅子に座るように促す。

レオナルド殿下は視線を送るだけで、こちらの意を汲《く》んでくれた。

「母上、座りましょう」

「え、ええ」

公妾は顔面蒼白《そうはく》で、全身がガタガタと震えている。

このままでは話せる状態ではないだろう。

アニーにホットミルクに蜂蜜を垂らしたものを作るように命じた。

春とはいえ、夜はまだ冷え込む。暖炉に火を入れ、部屋を暖めた。

ホットミルクを飲んで少しだけ落ち着いた公妾に、侯爵夫人は話を聞く。

「それで、何があったの？」

公妾は答えるよりも先に、テーブルに黒い布で包んだ何かを取り出した。

「これはいったいなんなの？」

「な、中身を、見てほしいの」

侯爵夫人は首を傾《かし》げながら、黒い布に包んだものを手に取る。

中に入っていたのは、美しい首飾り。

「なっ――――!?」

見覚えがありすぎるそれは、先日盗まれた、王妃の首飾りである。

「ど、どうしてその首飾りを、カリーナ様がお持ちなのでしょうか？」

「わ、私もわからないの!!　王妃殿下の首飾りの盗難騒動があったから、念のため私も何か盗まれていないか、金庫の中身を確認しておこうと思って覗《のぞ》いたら、なぜか入っていたのよ!!」

公妾は涙を流しながら絶対に盗んでいない!!　と強く訴える。

紛失した王妃の首飾りが、公妾の金庫の中で発見された。

すなわち、誰かが罪を公妾になすりつけようとしているのだろう。

「み、見つかったのは、それだけではないのよ」

もうひとつ、テーブルに品物が置かれる。それは黒い瓶だった。

「カリーナ様、こちらは？」

「とても珍しい毒よ」

なんでも公妾の一族は薬の問屋で、家業を手伝っていたため、詳しいのだという。

「この毒はそんなに毒性は強くないいんだけれど、長い時間をかけてじわじわ体を蝕《むしば》んでいくの」

遅効性かつ、まるで病に冒されたようにゆっくり時間をかけて殺害することが可能だという。

「こ、これも私の金庫で発見されたの」

まるで公妾がこの毒を用いて、誰かの命を狙っているかのような工作であった。

「これは十年前まで〝痩せる薬〟として貴婦人の間で普及していた品なんだけれど、不審死が相次いでよくよく調べたところ、有毒だと発覚したものなの。実家でも取り扱っていた品みたいだけれど、今は販売が禁止されているわ」

公妾自身も何度か使ったことがあったらしく、ひと目でわかったらしい。

「効果的な解毒剤があるから、すぐに飲んだら大事には至らないんだけれど、知らずに飲んでいたらじわじわ命を蝕んでいく、危険な毒なのよ」

なんでも危険な毒だとわかっていて、取り引きしている者達がいるらしい。

公妾は瓶の蓋を開け、中身を見せた。

そこに入っていたのは、薬包紙に包まれた散剤《こなぐすり》。

少し独特な包み方に見覚えがあったので、胸がドクンと嫌な感じに鼓動する。

「こ、これは……」

「ララ、どうかしたの？」

震える手で包みを手に取り、中を確認する。

黄色と白の粒状の粉が混じったこの薬は――かつて父が病気の薬として服用していたものであった。

見間違うはずがない。父が発作を起こしたさいに、私自身も飲ませていたものだから。

まさか、あのとき私は薬ではなく、毒を飲ませていた⁉

「ララ！」

侯爵夫人に名前を呼ばれ、ハッと我に返る。

今は毒について気にしている場合ではなかった。

公妾の話に耳を傾ける。

彼女の金庫で王妃の首飾りと毒が発見されたとき、どうしようか途方に暮れていたらしい。

けれども、廊下が騒がしいことに気付き、耳を傾けたところ、とんでもない情報を聞いてしまったようだ。

「お、王妃殿下の食事に毒が仕込まれていたという話を聞いて、すぐにここにある毒のことだろうと気付いたの」

王妃は自作自演の毒混入事件を起こしてまでも、公妾を陥れようとしている。

「侍女に相談しようか迷ったわ。でも――」

もしも金庫に首飾りや毒を入れられる存在といったら、侍女しかありえない。

「彼女も共犯者かもしれないと思って、ゴッドローブ殿下に助けを求めようとしたわ」

中立派であるゴッドローブ殿下ならば、助けてくれる。そう信じていたようだが、ゴッドローブ殿下はヴルカーノへ外交に行っていたため、不在だったようだ。

「実家の父も野心を抱くばかりで、私のことは政治の駒としてしか見ていなかったの。もしも父を頼っても、王妃側に寝返って、私の身柄を差しだすとしか思えなくて」

困った挙げ句、王妃と公妾、どちらの味方でもない私の存在を思い出したらしい。

「王妃殿下は首飾りを、あなたにあげようとしていたのでしょう？　お願いがあるの。この首飾りはあなたが持ち帰っていた、ということにしておいてくれない？」

「いえ……それは難しいお話かと」

「そんな!!」

まさか、ここで首飾りを押しつけられるような展開になるとは思ってもいなかった。

「だったら、私とレオナルドをここに匿《かくま》ってくれる？」

侯爵夫人の顔を見ると、首を横に振っていた。

公妾は絶望の淵《ふち》に立たされたような表情でレオナルド殿下を抱きしめる。

「ひ、酷《ひど》い……酷いわ！　同じような境遇だったドーサ夫人は助けたのに、私は助けてくれないなんて！」

「カリーナ様、あなたとララの状況は天と地ほども違うわ」

「で、でも、このままでは、本当に、王妃殿下に殺されてしまうの！」

ひとつ疑問があった。涙で頬を濡《ぬ》らす公妾に質問してみる。

「あの、どうして国王陛下に助けを求めないのですか？」

「国王陛下は、王妃殿下に弱いの！　強く責められたら、簡単に折れてしまうのよ！」

たしかに、公妾のせいで自分の立場が危うくなるような状況になったら、あっさり切り捨てそうだ。公妾は天真爛漫《てんしんらんまん》で、ふわふわした性格だと思っていたが、しっかり人を見る目はあるらしい。

もしも国王に助けを求めていたら、今頃首飾りの盗難と毒を盛った殺人の容疑で捕まっていたに違いない。

「とにかく、私はあなたを助けることはできないの。他の人を頼ってちょうだい」

「そんなの、いないわ。私が社交界で孤立していた噂話《うわさばなし》を知っているでしょう!?」

公妾がわんわん涙を流す一方、レオナルド殿下は光のない瞳でただただ一点を見つめていた。

彼は自分がこれから迎えるであろう運命を察し、静かに受け入れているように思える。

「私は、私はどうなってもいいの！　でも、この子だけは！　レオナルドだけは助けてほしい！

どうか、お願い！」

公妾の悲痛なまでの叫びが、かつての自分自身の姿と重なる。

周囲の思惑どおりに動き、罪をなすりつけられ、殺されてしまった私とフロレンシ。

そんな私達と、公妾母子の境遇はよく似ていた。

気付いたときには、公妾のもとへ行き、手を握っていた。

深く考えずに問いかける。

「カリーナ様とレオナルド殿下は、別人になる勇気はお持ちですか？」

「べ、別人になるって、どういうことなの？」

「わたくしが一度ヴルカーノに戻り、おふたりの旅券を入手します。そのあと身分を捨てて、別人として暮らしていけるように手引きをする、という意味です」

ビネンメーアで暮らすより、ヴルカーノで別人として生きるほうが安全かもしれない。そう思って提案してみた。

「別人として……」

公妾はしばし考え込むような素振りを見せていたが、侯爵夫人が待ったをかける。

「ララ、だめよ！　そのような危ない橋をララまでもが渡るのを、見過ごすわけにはいかないわ！」

「しかし、カリーナ様とレオナルド殿下が生き残るためには、このような手段しか思いつかないのです」

「他にもあるわ」

みんなの視線が侯爵夫人に集中する。

侯爵夫人はごほん、と咳払《せきばら》いし、ある提案をした。

「カリーナ様はヴルカーノからやってきた夫を亡くした貴婦人、レオナルド殿下はその娘……その貴婦人はララさんの親友で、傷心旅行にやってきた客人として我が家に身を寄せている、という設定はいかが？」

つまり、侯爵夫人は公妾をここに匿ってくれると言いたいのだろう。

「侯爵夫人、よろしいのですか？」

「よくはないけれど、仕方がないわ」

「ありがとうございます」

思わず、侯爵夫人に抱きついてしまう。

「まあ、ララったら！　本当に困った子なんだから」

まるで自分の家族に声をかけるような温かい声に、胸がじんわりと温かくなる。

侯爵夫人に感謝したのは言うまでもない。

ひとまず、首飾りは私が預かっておくことにした。

侯爵家で預かろうと言ってくれたのだが、ただでさえ公妾を匿ってくれるのに、これ以上のリスクを抱えさせるわけにはいかないだろう。

ひとまず、公妾とレオナルド殿下は客間で暮らしてもらうことにしたようだ。

彼らの正体については、使用人にさえも隠すという。

眠気が限界を迎えていたので、私はフロレンシが眠る布団に潜り込み、朝までぐっすり眠ったのだった。

◇　◇　◇

公妾母子はなるべく部屋から出ないよう、噛《か》んで含めるように言ってあるらしい。

変装道具も揃えたようで、公妾は喪服を纏《まと》っている。顔も黒いベールで覆っているので、彼女だと気付く者はいないだろう。

レオナルド殿下も少女の装いを受け入れていた。

そんな彼を見たフロレンシが「お姫様がいる！」と喜んでいたのだが、本当は王子様である。同じ年頃の子と接する機会がなかったフロレンシは、嬉《うれ》しそうにレオナルド殿下に話しかけていた。

フロレンシには、公妾は私の友人でレオナルド殿下はその娘だ、と説明している。深く聞かずに、受け入れてくれたようだ。

今日も、フロレンシとレオナルド殿下は楽しそうに遊んでいる。

あのように声をあげ、嬉しそうに走り回っている様子を見るのは初めてだ。

あまり自分を主張せず、大人しい子だと思っていたが、そうではない、子どもらしい一面を見ることができた。

フロレンシには年の近い友達も必要だった、というわけである。

未熟な私は、気付いてやれなかったのだ。

レオナルド殿下には感謝しないといけない。彼を守ろうと一緒に連れてきた公妾にも。

こうして新たな住人が仲間入りしたものの、平穏とは言いがたい状況は続いている。

毎日届けられる新聞では、公妾とレオナルド殿下が行方不明《ゆくえ》になったと報じられている。王妃の首飾りの紛失と毒の混入事件と関わりがあるのではないか、と書かれていた。

街には大勢の騎士が派遣され、公妾の行方を捜しているらしい。

侯爵家にも騎士がやってきて公妾について話を聞いていないか、と調査にやってきていた。

侯爵夫人が応対したのだが、何食わぬ顔で「公妾については何ひとつ存じません」と返すばかりであった。

公妾は客間で大人しく過ごしているらしい。公妾は恋愛小説を読んだり、刺繍《ししゅう》をしたりと、静かな時間を楽しんでいるようにも思えた。

レオナルド殿下はフロレンシと仲良くなっただけでなく、一緒に勉強も始めたらしい。

フロレンシよりもレオナルド殿下のほうがふたつ年上なので、わからない部分は教えてもらっているようだ。

私は王妃の首飾りをどうしようかずっと考えていた。

ひとつ、案が浮かんだが、それは侯爵夫人が口にした〝危ない橋〟とも言える作戦だろう。

ただ、実行はひとりではできない。

ゴッドローブ殿下と共にヴルカーノに行っていたマントイフェル卿が帰国したようで、会いたいという旨を書いた手紙を送った。

三日後――マントイフェル卿が私を訪ねてやってくる。

マントイフェル卿はなぜか、薔薇《ばら》の花束を抱えていた。いったい何本あるのか。数えるのも大変そうだ。

「やあ、ララ。君のほうから熱烈に会いたいという手紙が届いて、やっとのことで参上できたよ」

「わたくしも、お会いしたかったです！」

私が嬉しそうに駆け寄ってきたので、マントイフェル卿は目を見開く。

普段、軽い調子で口説いてくるのに、こうして私から歩み寄られると、焦ったような反応を取るのだ。

「ま、待って。会いたいとか言いながら、実は雑用を頼みたいって展開じゃなかったの？」

「本当に、リオン様に会いたかったのです」

マントイフェル卿の手を握り、ガーデンテーブルのほうへと誘《いざな》う。

「えっ、ララってば大胆!?」

「お嫌ですか？」

「いや、ぜんぜん嫌ではないけれど」

「よかったです。どうぞ、こちらへ」

おいしい紅茶や焼き菓子もたっぷり用意していた。

マントイフェル卿は借りてきた猫のように椅子に腰掛け、落ち着かない様子を見せていた。

私からのこれまでにないくらいの歓迎を受け、戸惑っているのだろう。

「マントイフェル卿、その薔薇の花束はもしかしてわたくしに？」

「あ、うん、そうだけれど。あー、えっと、どうぞ」

「まあ、きれい。ありがとうございます。とっても嬉しいです！」

受け取った薔薇は傍にいたメイドに託す。家にある花瓶に活《い》けておくよう頼んでおいた。

「僕、夢みているのかな。ララにこんなに優しく迎えられるなんて」

「夢ではありませんわ。現実です」

「信じられないよ。これまで、ララから冷たくあしらわれてばかりだったのに」

「わたくしに触れたら、本当だと信じますか？」

「え、いいの？」

「ええ。お手を」

「う、うん」

マントイフェル卿が差しだした手を包み込むようにして、私は公妾から預かっていた、王妃の首飾りをそっと置いた。

うっとりしていたマントイフェル卿の表情が、一瞬で真顔になる。

「なっ、これ、何!?」

「王妃殿下の盗まれた首飾りですわ」

「ど、どうしてララが持っているの？」

「深い深い事情があるんです」

これまであったことを打ち明けると、マントイフェル卿の顔色がだんだん青くなっていく。

「最悪だ。っていうか、ララが優しかったのも、これがあったからじゃないか！」

そう言って、頭を抱え込んだのだった。

「申し訳ありません。頼れるお方が、リオン様しかおらず……」

「うう、その言葉、普段だったらとっても嬉しかったんだけれど、今回ばかりは嬉しくない！」

騙《だま》すような言動をしてしまい、悪かったと思っている。ただ、こうでもしないと、あまりにも重たい話なので、私は口にできなかっただろう。

「それはそうとララ、君はこの首飾りを見ても、触れても、平気になったんだね」

「ええ。リオン様のおかげですわ」

気を失っている場合ではない、というのもあるが、マントイフェル卿が励ましてくれたおかげで、乗り越えることができたのかもしれない。

居住まいを正して、私はあるお願いを口にした。

「実を言えばこの首飾りを、こっそり王妃殿下にお返ししたく思っていますの」

「いやー、それは難しいよ」

「でも、リオン様だったら、できますよね？」

マントイフェル卿の手を握り、にっこり微笑みかける。

「わたくし、リオン様だけが頼りなんですの。お願いを聞いていただけないでしょうか？」

マントイフェル卿はそのまま頷《うなず》きそうになったものの、途中で我に返ったようだ。

「あ、危ない！　今、思わずできるって言いそうになった！　いくららの願いでも、王妃殿下の寝所に潜り込んで金庫を開けて、首飾りを元に戻すなんて芸当はできないよ！」

「そこまでする必要はありません」

私が考えた作戦は、それよりもシンプルである。

「以前、例の東屋で女性の人影を見たのを覚えていますか？」

「あ、うん。そういえば見たね」

「あの女性はおそらく王妃殿下です」

そして、公妾が我が家にいる今、王族が出入りできる庭に立ち入ることができる女性王族は王妃ただひとりである。

「それで、その東屋にこの首飾りを置いておけば、やってきた王妃殿下が回収してくれるのではないか、と思いまして」

「ああ、なるほど」

再度、マントイフェル卿と共に庭へ赴き、王妃の首飾りを置く。

そしてやってきた王妃が気付いてくれたら、事件をうやむやにできるだろう。

「ただ、置きに行くのを誰かに目撃されてしまったら大変なことになるよ？」

「その辺も問題ありません」

作戦の鍵を握るのは――。

『ニャア！』

ガッちゃんが挙手し、テーブルの上に置いていた首飾りを持ち上げる。

「あ、ガッちゃんが運ぶってこと？」

「ええ、そうなんです」

正確に言うと、蜘蛛細工《テララニャ》を使い、糸を操って東屋まで運ぶのだ。

「なるほど。いいかもしれない」

マントイフェル卿も力を貸してくれると言うので、ホッと胸をなで下ろした。

◇　◇　◇

王妃の首飾りと行方不明になった公妾を巡る事件は、日に日に大きな騒動となっているらしい。

王妃派と公妾派が小競り合いとなり、騎士隊が派遣される日もあったようだ。

中立派であるゴッドローブ殿下が外交で国を空けていたのも、社交界の秩序《ちつじょ》が乱れてしまった原因のひとつなのだろう。

国王は姿を消した公妾の行方を案じ、朝食が喉を通らないような状況らしい。

昼食と夕食はしっかり食べているようなので、単なる低血圧なのではないか、とひっそり思っていた。

そんな日々の中、私とマントイフェル卿は王妃の首飾りを東屋に置く日について話し合っていた。

現在、王妃派と公妾派の諍《いさか》いが原因で、王宮を警戒し見回りをする騎士の数が増えているらしい。

つい先日、公妾が使っていた茶室のカーテンが突然燃えるという小火《ぼや》騒ぎもあったようで、すべての扉の前に騎士がいるような状況なのだとか。

当然、庭へ通じるリネン室の前にも騎士がいて、こっそり出入りする行為自体が難しくなってしまったようだ。

「なんかもう、首飾りの盗難とか実はどうでもよくて、いい落とし所を各々探っているように思えてならないんだよね」

いくら捜しても公妾が見つからず、首飾りも行方知れず。

王宮側の管理体制と、騎士隊の調査能力に対する疑問が各方面から上がっているらしい。

「リオン様、こうなったらゴッドローブ殿下に事情を話して、首飾りを託すのはいかがですか？」

今回の問題には王妃派と公妾派が絡んできている。

もしも私達が王妃の首飾りを所持していると知られてしまったら、とんでもない事態になるような気がしてならない。

「いや、ゴッドローブ殿下を頼るのはやめたほうがいい」

「どうしてですの？」

「今、殿下は具合を悪くされているんだ」

なんでもゴッドローブ殿下は騒動を鎮火させるため、朝から夜まで奔走していたらしい。睡眠時間をも削って対応した結果、体調を崩してしまったようだ。

「お医者さんは過度の疲労だって言っていたよ」

「そう、でしたか」

「たぶん、僕達が王妃の首飾りを持っていったら、卒倒して三日は昏睡《こんすい》状態になってしまうかも」

現在、ゴッドローブ殿下は頼れない状況にある。

早く王妃の首飾りを手放したいのに、それを許してくれないようだ。

もしも私が持っているとバレたら――どくん！　と胸が嫌な感じに脈打つ。

「ララ、大丈夫。心配しないで」

マントイフェル卿は私の手を握り、励ましてくれる。

すると、驚くほど心が落ち着いた。

「少し、作戦を考えたんだ」

彼はぐっと私に接近し、ボソボソと耳打ちする。

「えっ、そのようなことをして、大丈夫なのですか!?」

「まあ、たぶんみんな今の状況をどうにかしたいって考えているだろうから、受け入れてくれるんじゃない？」

ひとまず、作戦を実行するには準備が必要だという。

「カリーナ様と侯爵夫人の手も借りようかな。ララ、話しておいてくれる？」

「承知しました」

そんなわけで、王妃の首飾りの件については新しい作戦が立てられる。

マントイフェル卿が主となって動く作戦なので、私はひとまず待機するばかりとなった。

◇◇◇

それからというもの、落ち着かない毎日を過ごしていた。

なぜ、このように胸がざわめくのだろうか。

理由について、侯爵夫人から指摘されてしまう。

「あなた、リオンがなかなか会いに来ないから、そんなにソワソワしているのね」

「え!?」

跳び上がるほど驚いてしまう。

そんなことはないと思ったものの、たしかに、仕事で忙しいとき以外で、こんなに会えない日々が続いたのは初めてなような……？

「ララ、素直になったら、気持ちが楽になるわよ。認めなさいな」

「うっ……！」

ここで咄嗟《とっさ》に否定できないので、私はマントイフェル卿に会えなくて、もの寂しい気分になっているのだろう。

侯爵夫人はさらに踏み込んでくる。

「リオンのことが好きなの？」

「それは、既婚者であるわたくしが答えられる質問ではありません！」

少々、ムキになってしまったからか、侯爵夫人に笑われてしまった。

「ララ、好きというのは、さまざまな意味があるのよ。友人としての好きならば、既婚者でも答えられるのに」

「あ!!」

そうだった。

まんまと嵌《は》められてしまったわけである。

「リオンに対する気持ちについては、よく考えておいてくれると嬉しいわ」

「しかし」

「いいのよ、好きになっても。ここはヴルカーノではなく、ビネンメーアなんですもの。過去は忘れて、好きに生きていいのよ」

その言葉は、不幸な時間を巻き戻ってやってきた私の心に染み渡る。

「ララ、あなたはずっとレンのために頑張ってきたでしょう。これからは、自分の幸せのために頑張ってもいいんじゃないの？」

侯爵夫人は私の手を握り、「どうかお願いね」と頭を下げる。

「私も、自分の幸せについて考えるつもりだから」

侯爵夫人の変化の兆しに、私はハッとなる。

ただその前に、やりたいことがあると侯爵夫人は言う。

「ねえララ、手伝ってほしいことがあるの」

「な、なんでしょうか？」

「こっちに来て」

連れてこられたのは、これまで立ち入ることがなかった部屋。

「ここは？」

「イルマの私室よ」

侯爵夫人は振り返り、私をまっすぐ見つめながら言った。

「イルマの遺品整理を手伝ってくれないかしら？」

なんでも三年もの間、侯爵夫人はこの部屋に立ち入ることができなかったらしい。

鍵をかけて、誰も入れないようにしていたのだとか。

「たぶん埃《ほこり》っぽいと思うの。申し訳ないんだけれど、掃除も手伝ってくれる？」

「掃除はわたくしがします」

「一緒にしましょうよ、ね？」

「は、はい」

そんなわけで、掃除道具を持ってイルマの部屋に入る。侯爵夫人が鍵を開けたのだが、手が震えていた。

「侯爵夫人、今日でなくて、別の日でも……」

「いいえ、平気よ。早く終わらせましょう」

なんでも三年前、騎士隊がイルマの部屋を調査しようとやってきたようだが、侯爵夫人が追い返したらしい。

つまり、騎士隊の調査が及んでいない唯一の場所がここだということだ。

「もしかしたらあなたとリオンが知りたかった証拠が、ここにあるかもしれないわ」

イルマの死について、彼女は何かメッセージを遺《のこ》しているのだろうか。

それを調べるために、まずは掃除に取りかかる。

三年間、誰も立ち入っていなかった部屋というのは、とてつもなく汚れていた。

一度入ってから、すぐに脱出する。

ゲホゲホと咳《せ》き込《こ》み、目も痒《かゆ》くなった。廊下の窓を開け、新鮮な空気を吸い込む。

「ララ、一回着替えましょう。私の体に合うエプロンドレスはあるかしら？」

「ございます」

メイドが着ているような作業がしやすい服に着替え、口元には布を当てて後頭部で結んだ。眼鏡《めがね》をかけ、目元も保護しておく。

箒《ほうき》を握り、イルマの部屋へ挑む。窓を全開にし、床を掃いていった。

「どうして部屋に砂粒なんかがあるのかしら!?」

「天井から落ちてきたのかもしれませんね」

ガッちゃんは糸で布巾を作り、テーブルや椅子などの家具を磨いてくれた。

協力して掃除すること二時間――やっとのことで部屋はきれいになる。

「こんなに掃除をしたのなんて、三年前に行った慈善活動ぶりだわ」

休憩を入れようかと提案したものの、侯爵夫人は首を横に振る。

「一回座り込んでしまったら、二度と立ち上がれないと思うの。あなたは？」

「わたくしもです」

「だったら、このまま整理を始めましょう」

私は小物が収納されている棚を調べる。侯爵夫人はドレッサーを開いていた。

イルマはかわいらしい品が好きだったらしい。ウサギの置き物やクマのぬいぐるみ、リスの焼き物など、種類豊富な雑貨が並べられていた。

これらは養育院に寄付するようだ。壊れないように布に包《くる》んで木箱に詰めていく。

棚の確認が終わったら、デスクを確認するように頼まれた。

「あの、侯爵夫人。ここをわたくしが見てもいいのですか？」

「お願い。私はまだ、あの子の存在感が強いところは少し怖いから」

「承知しました」

イルマが使っていたデスクからは日記帳に書きかけの手紙、それから結婚式に関する資料や招待客リストなど、たくさんの私物が出てきた。

これらもすべて、目を通すように命じられる。

遺書のようなものは見つからなかった。

イルマの性格を考えると、自ら死を選んだならば、何かしらメッセージを残すはずだ。

イルマが出すはずだった、書きかけの手紙を読んでみる。そこにはお茶会の招待に喜んで応じる内容が丁寧に綴《つづ》られていた。他にも、亡くなる三日後に行くはずだった舞台のチケットや、編みかけの手袋、レイシェルへの贈り物など、心残りになりそうな品々がいくつも発見された。

これらを放り出して、イルマは命を絶つことを選ぶだろうか？

イルマは心優しく、気遣いができる娘で、自分の感情を優先し、衝動的な行動を起こすタイプには思えないのだが……。

イルマが書いた文章をすべて読ませてもらったが、事件に関係があるような記述は見つけられなかった。

最後に手に取ったのは、リオン・フォン・マントイフェル様へ、と書かれた手紙である。

これは唯一鍵がかかった抽斗《ひきだし》の中にあったものだ。鍵は部屋になく、侯爵夫人も持っていなかったので、ガッちゃんの糸を使ってこじ開けてしまった。

「侯爵夫人、マントイフェル卿へのお手紙はどうしましょう」

「開封して読んでちょうだい」

「いいのですか？」

「ええ。もしも恋文だったとしたら、受け取ったリオンも気まずいでしょう？」

なんだか申し訳ないと思ったものの、侯爵夫人が調べろと言うのだから仕方がない。

そんなふうに思いつつ、ペーパーナイフを使って封を開いた。

中には数枚の便箋がきれいに折りたたまれている。

「親愛なるリオンへ——伝えるべきか迷ったのだけれど、あなたの醜聞を握っているという記者から接触がありました。もしかしたら、私が握っている情報と交換してほしい、という取引を持ちかけられるかもしれません」

その一文を読み上げた瞬間、ゾッと鳥肌が立ってしまう。

「侯爵夫人、こ、これはもしや、イルマさんが亡くなった晩に書いた手紙なのでしょうか？」

「わからないわ。続きはあるの？」

「あ、あります」

深呼吸し、手紙の続きを読み上げる。

「私が王族専用の庭と知らずに迷い込み、目撃してしまった方々は、どうやら長年にわたって関係があったそうです。強く口止めされたのですが、あなたの握られた情報次第では、喋《しゃべ》ってしまうかもしれません。また、帰ってきてから続きを書きます」

ここで手紙は終わっていた。

「侯爵夫人、この手紙の内容から推測するに、イルマさんを脅す人物がいた、ということですか？」

「ええ、間違いないでしょうね。それにしても、イルマが王宮の庭で見た人物は、いったい誰だったのかしら？」

以前、レイシェルにイルマが伝えていた警告を思い出す。

花嫁修業として王妃の侍女を行うさい、王家の庭に男女の幽霊が出るので近付かないように、というものだった。

「男女の幽霊ですって？　ありえないわ。きっとレイシェルが近付かないように、あえてぼかしたのでしょう」

「わたくしもそうではないのか、と思っています」

男女の片方は王妃だとわかっていた。それについて伝えると、侯爵夫人は深く長いため息を吐いた。侯爵夫人曰《いわ》く、イルマは方向音痴らしい。王宮に出仕していたときも、しょっちゅう迷子になって騎士やメイドに道を聞いた、なんて話をしていたようだ。

王族専用の庭は見張りがいて簡単に立ち入れるはずではないのに、行き先を間違え、うっかり迷い込んでしまったのだろう。

そこで彼女は、王妃が連れ込んだ男との逢瀬《おうせ》を目撃してしまった。

もちろんそれがとんでもない状況だと、イルマはよくわかっていなかったのだろう。

「おそらくだけれど、イルマはそれが密会だと気付かずに、王妃殿下に声をかけに行ったんじゃないかしら？」

そして王妃と相手の男の慌てる様子から、人目を避けてこっそり会っていたのだとイルマは察したのだろう。

「わからないのはそのあとの話ね」

記者はどこの誰だったのか。

三年前、王妃に関する醜聞は報じられなかったらしい。

「そもそも、記者ではない可能性もあります」

その人物は王妃派の人間で、マントイフェル卿の醜聞を餌にイルマを呼び出した可能性がある。

「口封じのために、イルマを殺したって言うの？」

「可能性はあります」

本当に記者だったら、すでに王妃の不貞は大々的に報じられているだろう。

それがなかったということは、最初からイルマの命が目的だったのだ。

「イルマが情報を握っているというのを知っているのは王妃殿下と相手の男だけれど、情報が知れ渡って困るのはきっと王妃殿下のほうよね」

ならば、王妃の命令でイルマは殺されてしまったというのか。

「相手は誰だったのよ」

「王妃殿下に近しい男性であることはたしかでしょうけれど……」

この前、私を訪ねてやってきた王妃の近衛騎士は結婚当初から傍にいた、なんて話を聞いていた。

彼と王妃が長年、関係があっても不思議ではないだろう。

「王妃殿下の近衛部隊の隊長でしたら、年も近いですし、いつも傍におりますので、親しい仲になるのも無理はないかもしれません」

「たしかに、彼は調査のさい、必要以上に熱が入っていた気がするわ」

なんでも近衛隊長はとある貴族の三男で、独身だという。

「結婚されていないのですね」

「ええ、そう聞いているわ。貴族の生まれと言っても、長男以外に爵位や財産はないので、独身というのも珍しくないの」

騎士として身を立て、生涯独身という貴族は、ビネンメーアの国内において意外と多いようだ。

「あの騎士ならば、王妃殿下の名誉を守るために、自ら動いた可能性も捨てきれないでしょう」

「そう、ですわね。命令もなく、独自の判断でわたくしのもとに話を聞きにやってくるくらいですから」

もしも関係が露見したら、王妃の名誉どころか、隊長自身の命も危うくなるだろう。

イルマが情報を漏らしてしまうことを恐れて手にかけたのだとしたら、殺人の動機としてはまったく不思議ではない。

「近衛騎士については、知り合いの探偵に調査を依頼しておくわ」

「ええ、お願いします」

これにて遺品整理は完了となる。

長時間籠もっていたからか、私と侯爵夫人は疲れ果てているような気がした。

「侯爵夫人、お茶を淹《い》れましょうか？」

「ええ、お願い。あなたも一緒に飲みましょう」

「はい、喜んで」

菓子職人が作ったサクランボのケーキを囲み、渋めに淹れた紅茶をいただく。

サクランボのケーキを目にした瞬間、侯爵夫人はハッとなった。

「侯爵夫人、サクランボのケーキはお嫌いですか？」

「いいえ、大好きよ」

「よかったです。菓子職人が、今日のケーキは最高傑作だとおっしゃっていたので」

サクランボはシロップ漬けだったが、とてつもなくおいしい。サクランボのシーズンになったら、採れたてを使って作るようで、さらにおいしいようだ。

「庭にサクランボの樹《き》があるの。実が生《な》ったら、レンやリオンと一緒に収穫しましょう」

「はい！　楽しみにしています」

侯爵夫人は寂しげな様子で、二度とサクランボの樹のもとに行くつもりはなかったと零《こぼ》す。

「イルマがね、サクランボが大好きだったの。庭師が採ってくるのを我慢できずに、毎年私にサクランボ狩りに行こうって誘ってきて――」

かごがサクランボでいっぱいになるまで帰ろうとしないので、収穫は大変だったという。

「しかも樹には毛虫がたくさんいるものだから、見つけるたびに大騒ぎをして、とっても賑《にぎ》やかだったわ」

ある年はサクランボが不作で、あまり実らなかった。イルマが残念そうにしていたので、サクランボ農家を雇って世話をさせたのだという。

「イルマが亡くなってからは、サクランボを見るだけで悲しくなっていたの。散歩に出かけて見かけるたびに胸が苦しくなって」

サクランボの樹を伐《き》り倒すことも考えたようだが、当日になって中止を言い渡したらしい。

「その日、雨と雷が酷くて……。イルマが怒っているような気がして、止めたのよ」

料理長にはサクランボを使った料理を出さないように命じていたようだが、このケーキを焼いたのは最近になって雇った菓子職人である。

侯爵夫人の事情を知らなかったのだろう。

「わたくしも、把握しておらずに申し訳ありませんでした」

「いいえ、いいのよ。とってもおいしかったから」

遺品整理をしたからか、気持ちに整理がつきつつあるらしい。

「これまではサクランボを見るだけでも嫌だったのに、今日は普通に食べられたわ。自分でも信じられない気持ちよ」

もう一切れ食べたいと言うので、切り分けてお皿に載せる。

侯爵夫人は一口頬張ったあと、おいしいと言った。

「こんなにおいしいものをずっと避けていたなんて、信じられないわ」

侯爵夫人の気持ちが前向きに進んでいる証拠だろう。

「今は事件についての真相を暴きたいの」

私も同じ気持ちだ。力強く頷き、初夏においしいサクランボを食べられるように頑張ろうと励まし合ったのだった。

◇◇◇

数日後――侯爵夫人が雇っていた探偵が調査結果を持ってやってくる。

報告書に目を通した侯爵夫人は眉間に皺《しわ》を寄せ、険しい表情で読んでいた。

いったい何が書かれているのか。

読み終わったあと、私にも読むようにと差しだされる。

報告書に書かれていたのは、思いがけない内容であった。

王妃の近衛部隊隊長、ジル・フォン・ガルドベルド。年齢、四十五歳。

彼には十五年ほど前より交際していた女性がいて、現在は内縁の妻として一緒に暮らしている。

子どもは四名おり、子育てに専念したいので、夜の任務はすべて部下に任せていた。

つまり彼が王妃と密会する暇などなかった、というわけである。

どうやら王妃と関係を持っていた相手は別にいるらしい。

内心頭を抱え込んでいたが、侯爵夫人は想定していたのか、続けて探偵に依頼していた。

「では、王妃殿下の身辺を探っていただける？」

近衛騎士の隊長を調べるよりも高い報酬を請求されていたが、侯爵夫人は片眉をピンと上げただけで、そのまま依頼書に署名していた。

「ララ、こうなったら、徹底的に調べるわよ！」

頼りになる横顔を見せる侯爵夫人であった。

これで終わりかと思いきや、侯爵夫人が私に問いかける。

「あなたは気になることとか調べたいことはないの？」

そう聞かれ、ひとつだけ調べたいことがあったと思い出す。

「あの、出所について気になる毒があるのですが」

それは公妾の金庫に入っていた毒だ。

一時期、痩せ薬として流通していたものの、のちに毒が含まれていると判明した。

現在、国内での取引は禁じられているようだが、入手できるルートがあるらしい。

「どこで売られているのか、誰が購入していたのか、調べてください」

探偵は頷き、新しく契約書を作る。

依頼料はそこまで高額ではなかったので、ホッと胸をなで下ろした。

◇　◇　◇

探偵は積極的に王妃の調査をしているようだが、盗難騒ぎの影響で周囲のガードが堅く、なかなか情報を手にすることができないらしい。

そんな状況の中、想定外の手紙が届いた。

「こ、これは……」

差出人にはサビーネ・ド・フランデーヌ——王妃の署名が書かれてあった。

ひとりで読む勇気がなかったので、侯爵夫人と一緒に開封しよう。

王妃が私になんの用事で手紙を送ってきたのか。

恐れ謹みつつ、ペーパーナイフを握る。

ガタガタと震えて思うように手が動かなかったので、ガッちゃんに開封してもらった。

剣のように鋭くさせた糸で、器用に開けてくれる。

「ララ、手紙を読んで差し上げましょうか？」

「お願いしてもよろしいでしょうか？」

「任せてちょうだい」

侯爵夫人は便箋を手に取り、眼鏡をかけて読み始めた。

いったい何が書かれてあるのか。

まさか、私達が王妃の周辺を嗅ぎ回っていることがバレてしまったのか。

だとしたら、私の身は危うくなるだろう。

ただお茶会に誘うとか、趣味の品評会に招待したいとか、そういう内容でありますように。そう願いつつ、侯爵夫人が読み終わるのを待つ。

「ララ、王妃殿下はあなたを侍女として迎えたいそうよ」

「侍女にですか！　よかっ――」

いいや、まったくよくない。

侍女に指名されるなんて、いったい何事なのか。

「あの、どうしてわたくしが王妃殿下の侍女に選ばれたのでしょうか？」

「盗難事件を受けて、身辺にいた侍女を全員解雇したようなの。それで、社交界で信用がおける女性に声をかけているそうよ」

「さ、さようでございましたか」

二回しか会っていないのに、王妃から信用を勝ち取っていたなんて、誰が想像できたのか。

「ちょうどよかったじゃない」

「ちょうどよい、ですか？」

「ええ。王妃について調査するのに、侍女として侍《はべ》るのは好都合だわ」

「あ――！」

王妃派でないのに侍女を務めるなんて……とばかり思っていたが、侯爵夫人の言うとおり、調査にうってつけな立場だろう。

探偵が立ち入れない私的なエリアに入っても、怪しまれないはずだ。

「わたくし、王妃殿下の侍女となって、身辺を調査してまいりますわ」

「その前に、リオンに話しておいたほうがいいわね」

「ええ、そうですね」

もしかしたらマントイフェル卿の計画の妨害になってしまう可能性もある。

念のため、話を通しておいたほうがいいだろう。

忙しいだろうからと連絡を控えていたが、久しぶりに手紙を書いたのだった。


手紙を送った翌日に、マントイフェル卿はやってきた。

今日は話が外に漏れないよう、侯爵家の客間を借りた。

ガッちゃんと共に、マントイフェル卿を迎える。

彼はやってくるなりツカツカと私のもとに近づき、余裕のない表情で問いかけてきた。

「ララ、王妃殿下の侍女になるって本当なの!?」

「いいえ、決めたわけではなく、今は検討しているところでして」

「検討するまでもないよ！　王妃殿下の侍女になるなんて、魔物の巣窟に飛び込むような行為だってこと、わかってる？」

マントイフェル卿は私の肩を摑《つか》み、真剣な眼差《まなざ》しで訴えてくる。

「危険は承知の上です。こうでもしないと、必要な情報は手に入りませんので」

遺品整理のさいに明らかになったことをマントイフェル卿に伝える。

記者がマントイフェル卿の醜聞を握っている、という話は初めて聞いたようだ。

「醜聞なんてあるわけがない。僕の正体がマリオン王女で実は男で第一王子だった、なんて知れ渡ったら、王妃側の立場が悪くなるはずだから」

「そう、ですよね」

かと言って記者の正体が公妾派であったのならば、王妃の醜聞はすでに知れ渡っていただろう。

「イルマを呼び出すためのでまかせだったんだよ。記者と会う前に相談してくれたら――いや、言えなかったのか」

マントイフェル卿はしばし考え込むような仕草を見せる。

「いかがなさったのですか？」

「いや、イルマと最後に会ったとき、なんだかソワソワして様子がおかしかったんだ。告白するつもりだったからだと思っていたんだけれど」

もしかしたら記者から醜聞があると聞かされ、マントイフェル卿に相談しようか迷っていたのかもしれない。そう、当時の様子を振り返る。

それについて言わずに愛の告白をしたのは、マントイフェル卿がどのような人物でも愛する、というイルマの決意表明だったのかもしれない。

「彼女の想《おも》いを突き放していなかったら、もしかしたら相談してくれたかもしれない」

「リオン様、過ぎたことについてあれこれ考えても、今となってはどうにもならないですよ」

「うん、そうだったね」

さまざまな運命の歯車が狂った結果、イルマは命を落としてしまったのだ。

そういうふうに考えることしかできない。

「今は、彼女が目撃したという、王妃殿下と関係があった男性について調査しております」

「それで、王妃殿下のガードが堅いから、侍女の誘いを受けて調査しようって話だったんだ」

「はい」

「うーん、オススメしないなあ」

王妃は相手が誰であろうと、敵対する者は徹底的に排除する冷酷な一面があるらしい。

今回、長年仕えていた侍女を全員解雇した件だけでも、王妃が甘くない考えを持っていることが一目瞭然である。

「ビネンメーアに嫁いでくるときだって、当初嫁入りする予定だったお姉さんを蹴落としてまでやってきた、なんて噂話もあったんだ」

女性が持てる最大の権力者——王妃となり、ゆくゆくは自分の子を国王にする。それが、王妃が長年育ててきた野心だという。

「僕だって、エンゲルベルト殿下の地位を脅かす存在だから、邪魔に思っているはずだよ。正直に言うと、僕の命を狙っているのは彼女だと思っているし」

そんな王妃の最大の誤算は、夫である国王を愛してしまったことか。

「これで国王陛下を愛していなかったら、さっさと殺して自らが摂政となって天下を取れていたはずなのに。なんていうか、次々と公妾を迎えるのを横目で睨むことしかできないから、不幸な女性だな、と思っているよ」

王妃殿下の強《したた》かさはこれでもかと理解しているつもりだ。

「リオン様の心配も理解できますが、わたくしはここで立ち止まるつもりはありません」

それに潜入はひとりではない。心強い味方であるガッちゃんがいる。

もちろん、なんの考えもなしに侍女になるわけではない。極秘の作戦をマントイフェル卿に耳打ちする。

「まあ、それだったら危険は少ないけれど」

「きっと上手《うま》くやってみせますわ！」

ガッちゃんも気合いを見せるために、小さな手を掲げていた。

「リオン様、わたくしとガッちゃんを信じてくださいませ」

マントイフェル卿は私を抱きしめ、「わかったよ」と耳元で囁《ささや》いたのだった。

第3章　事件のすべては氷解する

とうとう、王妃の侍女として出仕する日を迎えてしまった。

支給されたアイアングレイのドレスを纏《まと》い、王宮へ向かう。

侯爵夫人やフロレンシの見送りを受け、玄関から一歩踏み出すと、馬車と人が待ち構えているのに気付いた。

背が高く、隙のない立ち姿は顔を確認せずともわかる。マントイフェル卿《きょう》だ。

彼は私に手を差し伸べ、優しい声で話しかけてくる。

「ララ、迎えに来たよ。一緒に行こうか」

「リオン様……」

差しだされた手に指先を重ねる。

これから向かうのが華やかで楽しい夜会だったらいいのに、行き先は社交界の戦場とも言える王宮だ。

馬車に乗り込むと、ため息を吐《つ》いてしまった。

「まるで初陣を迎える騎士のようだ」

「そういう気持ちを胸に今日という日を迎えました」

フリルの陰に隠れていたガッちゃんが出てきて、私を励ますように『ニャア』と鳴いた。

「ララ、王宮には僕もいるから。あ、そうだ。ガッちゃんの糸を僕に繋《つな》げて、いつでも呼べるようにできないの？」

「可能ですが、いつ呼ばれるかわからない状態になるのは負担では？」

「ぜんぜん。むしろ、常にララと繋がりがあるという安心感があるよ」

マントイフェル卿がいいと言うので、ガッちゃんに魔法の糸を作ってもらって繋げてみる。

「リオン様の腕にガッちゃんの糸が巻きついている状態ですが、いかがですか？」

「ぜんぜん締め付け感はないし、糸も見えないや」

私にはしっかり見えているので、不思議な気分である。

「これ、本当に糸で繋がっているの？　もしかして、バカには見えない糸だったりしない？」

どうやら糸の存在を疑っているらしい。

ため息をひとつ吐いてから、マントイフェル卿と繋がっている糸を指先で弾《はじ》いた。

すると、振動が伝わったのか、驚いた表情で私を見る。

「うわ！　今、腕が少しビリビリした！」

「本当に糸で繋がっていると自覚していただけましたか？」

「もちろん！　もう一回やってみて」

「お断りします」

ガッちゃんの糸はこうやって微弱な振動を伝える他に、糸を通して私の声を届けることができる。

さすがに糸を引いてマントイフェル卿を引っ張ることはできないが、何か危機的状況になったら助けを求められるはずだ。

「ララ、これって僕のほうから声を届けることはできるの？」

「いいえ、できません。声はガッちゃんと契約を交わしているわたくしのもののみ、届けることを可能としますの」

「そうなんだ～、残念。暇なときにララに話しかけようって思ったのに」

勤務中、急にマントイフェル卿に話しかけられたら困る。通話は一方通行でよかったと思った。

「ちなみにこれ、使用期限とか、こうやったら糸が切れるとかあるわけ？」

「いいえ、ございません。わたくしが望む限り、魔法の糸は存在し続けます」

「そうなんだ。よかった」

そんな会話を交わしているうちに王宮に到着する。

ここからひとりだと思っていたのに、マントイフェル卿は私の肩を抱いて歩き始めた。

「あの、リオン様、わたくしは王妃殿下のもとへ行くのですが」

「奇遇だね。僕もだよ」

「な、何か呼び出しを受けているのですか？」

「ぜんぜん。王妃殿下の今日のご機嫌はいかがかな～って、気になってさ」

さほど重要な用事があるようには思えない。それなのになぜ、王妃のもとへ行くのか謎でしかなかった。

「あの、周囲の視線が非常に痛いのですが」

皆、寄り添って歩く私達をジロジロ見ている。

あの女はマントイフェル卿とどういう関係なのか、と疑問に思っているに違いない。

「なんでみんな僕達を見るんだろー。不躾《ぶしつけ》じゃない？」

「王宮でこのように密着して歩いている者なんておりませんので、不躾なのはわたくし達のほうになりますわ」

「はは、そっか。じゃあ、少し急ごう」

そう言ったマントイフェル卿は私が想定していなかった行動に出る。

なんと私を横抱きにし、急ぎ足で歩き始めたのだ。

「な、なぜ、このような行為を!?」

「だってこっちのほうが早いでしょう？」

みんなの視線はちらちら見るどころではなくなった。

針のようなチクチクとした視線を受ける。

マントイフェル卿は最終的に、私を抱いた状態で王妃の部屋まで乗り込んだ。

まずはご挨拶を、と思っていた矢先、マントイフェル卿が元気よく言葉をかけた。

「王妃殿下、おはようございます！」

突然登場する形になってしまった私達を、王妃はギョッとした表情で迎える。

当然ながら歓迎されるわけもなく――。

「マントイフェル卿、いったい何事だ!?」

私も抗議するように、彼の胸をとんとんと叩《たた》く。すると、ここでやっと下ろしてもらえた。

膝をついて謝罪しようとしたのに、マントイフェル卿が私の手を握るので自由が利かなくなってしまう。

「ララが今日からここで侍女をするというので、連れてきたんです」

「どうして貴殿がそのようなことをする？」

「僕の大切な女性《ひと》なので！」

あっけらかんと言うので、王妃は言葉を失ってしまったようだ。

私自身も、信じがたい気持ちになる。

「もしもララに何かあったら、僕は絶対に許しませんので、どうぞよろしくお願いいたします」

やっと手を放してもらえると思ったのに、マントイフェル卿は私の手の甲にキスをした。

きゃっ！　という悲鳴を喉から出る寸前で呑《の》み込《こ》む。

なんてことをしてくれるのか!!　と文句を言いたかったが、王妃の前なのでぐっと我慢した。代わりに、マントイフェル卿を猛烈に睨《にら》み付《つ》ける。マントイフェル卿は楽しげに微笑《ほほえ》むばかりで、響いた様子はない。ただ、手は放してくれた。

「ララ、じゃあね。王妃殿下からいじめられたら、僕に言うんだよ」

マントイフェル卿はとんでもない嵐を巻き起こしてから去っていったのだった。

マントイフェル卿がいなくなったあと、私は王妃から質問攻めに遭う。

「彼とどういう関係なんだ!?」

「いえ、その、親しくしている友人のひとりです」

マントイフェル卿を友人と呼んでいいものかわからないが、知人だとしっくりこない。

異性の友人ができたのは初めてなので、なんだか気恥ずかしい気持ちになる。

まさかこのような状況に追い込まれるとは思いもしなかった。

助けを求めようにも、私以外の侍女の姿はない。

続けて王妃から質問を投げかけられる。

「マントイフェル卿は恋人ではないのか？」

「いいえ、違いますわ。わたくしは既婚者ですので、彼とはそのような関係ではありません」

自分で言っておいて、心の中で傷ついていることに気付いた。

私は既婚者で、マントイフェル卿の恋人になる資格などは端《はな》からない。

恋なんてしないと宣言していたのに、この体たらくである。

認めたくない。けれども素直にならなければ、このモヤモヤとした感情の行き場がなくなってしまう。なんとも思っていない男性《ひと》に、このような想《おも》いなど抱かないだろう。

は――――、と心の中で盛大にため息を吐く。

私はきっと、彼のことが好きなのだ。

「あの男はどういうつもりで、あのような行動に出てきたものか」

「わたくしにも理解しがたいものでした」

王宮では目立たないように振る舞わないと、と考えていたのに、まさか出仕する一日目からこのような状況に追い込まれるなんて……。

王妃の追及をどう躱《かわ》そうか、などと考えていたら、思いがけない質問を受ける。

「ドーサ夫人は、真実の愛は存在すると思うか？」

「真実の愛、ですか？」

「そうだ」

いったいどういう意図があって聞いてきたのか。

想いを寄せる国王についてなのか、それとも長年関係があった愛人についてなのか。

王妃にとっての真実の愛がどちらに傾いているのか、判断できないでいた。

ひとまず、差し障りない愛について語ってみる。

「愛というのは受け取る人によって形が異なり、在り方もさまざまです。そもそも愛に嘘《うそ》も真実もあるのか、若輩者のわたくしにはよくわかりません」

「愛もわからぬのに子を産み、育てているというのか？」

「ええ。不思議なことに、わたくしみたいな経験が浅い者でも、子育てはできるようです」

私の至らない愛でも、フロレンシはすくすく育ってくれる。

同時に、温かな愛を返してくれるのだ。

「その愛で私もまた、成長しているような気がします。相手を思う心は温かで、同じように返ってくるのが愛だと思っていますわ」

「そうか……。それが、真実の愛なのか」

王妃の眦《まなじり》から涙が溢《あふ》れ、頬《ほお》を伝って落ちていく。

まさかの反応に、ギョッとしてしまった。

「私が長年、愛だと思っていたものは、どちらも偽りだった！　どれだけ気持ちを寄せても、返ってこなかったから」

「お、王妃殿下……」

ハンカチを差しだそうとしたら、そのまま抱きつかれてしまう。

王妃は子どものように、わんわん泣いたのだった。

◇◇◇

あのあと王妃は気が済むまで涙を流し、泣《な》き止《や》んだあとは少し気まずそうに私に下がっていい、と言ってくれた。

なんというか、驚いた。

強《したた》かな印象があった王妃が、愛について思い悩んでいたなんて。

しかも、さして親しくもない私に打ち明けるなんて、極限まで思い詰められていたに違いない。

きっと私が王妃派でも公妾《こうしょう》派でもない、異国の貴族だからこそ、打ち明けたのだろう。

私の同情を引くための演技である可能性もあるだろうが、流した涙が嘘だと思えない。

王妃の人となりについて、もう少し知る必要があると思った。

王宮から帰ろうとしていたら、マントイフェル卿がやってくる。

「ララ、よかった！」

「リオン様、どうかなさったのですか？」

「ララがもう帰るって聞いたから。送っていくよ」

そう言って私の肩を抱き、馬車乗り場まで歩いていく。

「その、お仕事はよろしいのですか？」

「うん、大丈夫。僕は隊長だからね。護衛の任務には部下が就いているから」

大丈夫ではない気もするのだが、王宮にやってきて不安な気持ちもあった。

こうして送り迎えをしてくれること自体はありがたい。

マントイフェル卿が手配した馬車に一緒に乗り込み、侯爵邸に向かって走り出す。

「それで、侍女のお仕事はどうだった？　思っていたよりも早く帰されたようだけれど」

「ええ……」

王妃に関する個人的な情報だが、マントイフェル卿には知る権利があるだろう。

侍女の守秘義務に反する行為だが、打ち明けることにした。

「どうやら王妃殿下は、〝愛〟の在り方に悩まれているようで、涙していました」

「は？」

マントイフェル卿は目を丸くし、驚いた表情を浮かべる。

「誰にも愛されていない、と気付かれたようで」

「ちょっと待って。愛？　王妃殿下が、愛に悩んでいただって？」

「はい。たしかに、そうお聞きしました」

マントイフェル卿は眉間に皺《しわ》を寄せたり、首を傾《かし》げたり、頭を抱えたりとさまざまな反応を見せていた。

「王妃殿下の野望は、脅威となる僕を殺すことでしょう？　愛で悩んでいるわけがないよ。きっとララの同情を誘うために、芝居を打ったんだ」

「わたくしもその可能性について考えましたが、王妃殿下の流した涙が嘘には見えなくて」

役者が舞台上で見せるような、美しい涙ではなかった。

子どもがだだをこねて、顔をぐしゃぐしゃにしながら流すような涙だったのだ。

「ただ、それだけで王妃殿下の本当のお姿が見えたわけではないので、引き続き、調査はするつもりです」

「わかった。でも、無理はしないで。危険な状況になったら、必ず僕を呼んでほしい」

「もちろん、そのつもりですわ」

焦ってはいけない。ゆっくり時間をかけて王妃の信頼を勝ち取り、彼女の本当の姿を見抜く必要がある。

マントイフェル卿の前で無理をせず、王妃にも深入りしないことを誓った。

「常に一緒にいられたらよかったんだけれど」

「リオン様、わたくしよりもお仕事を優先にしてくださいませ」

「何を言っているんだ！　仕事よりもララのほうが大事に決まっているでしょう！」

問題発言は聞かなかったことにした。

「それはそうと、朝のパフォーマンスはなんだったのですか？」

「ああ、あれ？　王妃殿下や周囲の人々へのけん制だよ。もしもララに何かしたら、僕を敵に回すことになるよっていう宣言でもあるかな」

あっけらかんと言うので、呆《あき》れて言葉も出てこない。

思っていた以上にマントイフェル卿の影響力は大きいようで、せっかく王宮に出仕しているのに、誰も近寄ってこなかったのだ。

ある意味助かった面もあるが、確実に悪目立ちしているだろう。

「ララを狙う男達への宣戦布告でもあるかな」

「あの、リオン様、わたくしは既婚者ですので、誰にも狙われておりません」

「そんなことないよ！　僕がララともっともっと親しくなりたいって思っているくらいだから、その辺の男達の多くが好意を寄せているに違いない！」

マントイフェル卿の私に対する評価は高すぎる。これまで男性から言い寄られた覚えなどないので、欠片《かけら》も信じられないのだ。

「ララ、あのさ、すべて終わったら――」

いったい何を提案するというのか。思わず身を固くしてしまう。

「ララの旦那さんを脅しに行ってさ、離婚してもらおう。僕も殴る蹴るくらいしかできないけれど、力いっぱい協力はするからさ」

いったい何を言い出すのかと思ったら、物騒な話をし始めたので脱力してしまった。

「ララ、お願い！　旦那さんを一発、殴って蹴りたいんだ！」

それだと二発になるのではないか？　という指摘が浮かんだものの、そんなことを言っている場合ではなかった。

「そんなの許可できません」

「どうして？　ララがレンを連れて逃げなければいけないくらい、酷《ひど》い男なのに！」

この世に存在しない夫を、どうやって殴るというのか。気持ちだけありがたくいただいておいた。

マントイフェル卿は明らかに落胆した様子でいる。

「どうせ僕なんて、ララにとってはその辺の塵芥《ちりあくた》みたいな存在なんだ」

「そこまでは思っておりません」

「だったらどれくらい好き？」

どうやったら塵芥からいきなり好きに飛躍できるのか。一度、マントイフェル卿の頭の中を覗《のぞ》いてみたい、と思ってしまった。

「未来については、前向きに考えるようになりました」

「え？」

「リオン様の前に出ても恥ずかしくないようなわたくしに、なれたらいいな、と」

今の時点での私は、名前や身分を偽った不法入国者だ。何もかも、問題が解決したら、私も自分の不正を明らかにし、しかるべき処罰を受ける必要があるだろう。

すべてが解決し、マントイフェル卿が赦《ゆる》してくれるのであれば、私は彼と向き合ってもいいのではないか、と思っている。

「時間がかかるかもしれませんが、待っていただけたら嬉《うれ》しく思います」

「待つよ！　死ぬまで！」

簡単に死という言葉を口にしてほしくなかったが、今日はどうしてか少し嬉しかった。

◇◇◇

翌日もマントイフェル卿と共に王妃のもとへ向かった。

相変わらず、マントイフェル卿は周囲をけん制するように、私の肩を抱いて歩く。

昨日と同じように迎えた王妃は、呆れた様子で私達を見ていた。

「マントイフェル卿、彼女を取って食うわけではないから、安心しろ」

「本当ですか？　信じていますよ」

「そんなことを言って、私のことなど信用なんてしていないくせに」

「心外です。僕は王妃殿下に忠誠を誓っているのに」

「お前は……。もういい、下がれ」

「はっ！」

マントイフェル卿は素直に下がっていったので、ホッと胸をなで下ろした。

彼が去ったあと、王妃は私に同情するように言った。

「お前は厄介な男に目を付けられてしまったのだな」

本当に……と本心が零《こぼ》れそうになったものの、喉から出る寸前でごくんと呑み込んだ。

「昨日は、恥ずかしいところを見せたな」

「いいえ」

「あのように本音を漏らすつもりはなかったのだが、お前の顔を見ていたら我慢ができなかった」

王妃はずっと悲しみや苦しみを抱え込んでいたのだろう。誰にも打ち明けられず、辛《つら》かったに違いない。

「昔から、傍《そば》にいる者達は総じて、私に心酔するような者ばかりだったからな。ただそれも、この国の王妃に対する忠誠で、私自身など誰も見ていない。けれどもお前だけは違った。私を前にしても己の意思で動き、嘘偽りない言葉しか口にしない。そんなお前だからこそ、本当の気持ちを口にすることができたのだろう」

ありがとう、と王妃は感謝の気持ちを伝えてきた。

ただ話を聞いて意見をしただけなのに、お礼を言われるなんて。

王妃が感じていた孤独は深刻で、また、手を差し伸べる者もいなかったのだろう。

「私はお前についても知りたい。教えてくれるだろうか？」

「わたくしは――」

きっとここで嘘を吐いたら、王妃は本音で話をしてくれないだろう。

王妃が何を考え、動いているのか。本当に、マントイフェル卿の命を狙っているのか。

聞き出すために、私もここで、とっておきの〝切り札〟を出さないといけないのだ。

切り札とは、私自身が抱えている秘密について、だ。

それを話した結果、私の自由が奪われたとしてもきっと大丈夫。

フロレンシのことは、侯爵夫人が保護してくださるはず。マントイフェル卿だって、助けてくれるだろう。

今の私達は、味方がいなかった孤独な姉弟《きょうだい》ではない。

秘密を打ち明け、私はそれ相応の処罰を受ける必要があるのだろう。

「話をするにはとても長く、突拍子もないことだと思うのですが、お聞きいただけますか？」

「もちろんだ。話せ」

私はすべてを王妃に打ち明ける。

一度目の人生で叔父に何もかも奪われ、王妃の首飾りを盗んだ罪で処刑されてしまったこと。それから時間が巻き戻り、二度目の人生で叔父の策略を回避し、この国へやってきたこと。そのさい、弟を息子ということにし、身分を偽装してやってきたこと――。

王妃は驚いた表情で話を聞く。嘘を言うなと怒られるかと思っていたが、王妃は一言「大変だったんだな」と言うばかりだった。

「信じてくださるのですか？」

「首飾りの件があるからな。何もなければ、あのような驚愕《きょうがく》の目で他人の首飾りを見ないだろう」

最初はあまりの美しさに驚いているものだと思っていたらしい。

「けれどもお前は首飾りの受け取りを拒否するどころか、恐れているように見えたからな」

その後、私が気を失ったのを見て、どうしてあのような反応を取ったのか、王妃は気になっていたようだ。

「そのような事情があるのならば、納得せざるを得ない」

「信じてくださり、ありがとうございます」

「何、魔法が存在する世の中だ。この世の論理で説明できないことのひとつやふたつ、起こっても不思議ではないのだろう」

本題はここからである。私とフロレンシが不法入国者だということだ。

「まあ、その辺に関しての問題は、のちのちだな」

「はい……」

この件に関しては、私の中でずっと引っかかっていた。皆、親切にしてくれるのに、私は何もかも偽ってこの国にいる。

明るく差し込んでいるように思えた未来に、暗い影を落としていたのだ。

「悪いようにはしないから、そのような顔をするな」

王妃は私を励ますように、背中を優しく撫《な》でてくれた。

「お前の本当の名は、なんという？」

「グラシエラ――グラシエラ・デ・メンドーサ、と申します」

「そうか……。身分を捨てて、弟を守るために異国の地へ飛び込むなど、安易にできることではないだろう」

王妃は私を抱きしめ、「もう独りで抱え込むな」と言ってくれた。

「異国の地へやってくる不安は、フランデーヌ国から嫁いできた私もよく理解しているからな。本当に、よく頑張った」

グラシエラ、と王妃が本当の名を口にしたその瞬間、私は涙を流してしまう。

この国に来てから誰にも打ち明けることができず、フロレンシを守るためだと言い聞かせてきた。

自分で決めたことなので、弱音なんて吐いてはいけない。そんなふうに考えていたのに、王妃の言葉を聞いて、私の弱さが涙となって溢れ出てしまったのだろう。

落ち着きを取り戻したあと、王妃が私にある願い事をしてきた。

「私も、お前に聞いてほしい話がある」

「それは――？」

「少し、時間をくれ。覚悟ができたら、話をするから」

「承知いたしました」

どうやら私は秘密と引き換えに、〝賭け〟に勝ったらしい。

あとは王妃が打ち明けてくれるのを待つばかりだろう。


それから数日、私と王妃はごくごく普通に過ごした。

公務に付き添ったり、王妃主催の茶会の手伝いをしたり、貴賓を迎える補助をしたり。

私の働きに満足してくれた王妃は、小声で「さすが、公爵令嬢だ」なんて言ってくれた。

どうやら私がメンドーサ公爵家で学んだことは、無駄にはならなかったようだ。

暇ができたら、王妃はレース編みを私やガッちゃんから習いたい、なんて言い出す。

最初は冗談かと思ったが本気だったようで、私とガッちゃんのレース編み教室が始まった。

レース編みを始める前に、デモンストレーションとして蜘蛛細工《テラニャ》を披露してみた。

王妃は感激した様子で拍手する。仕上がった手袋をプレゼントしたのだが、とても精緻ですばらしい仕上がりだ、と絶賛してくれた。

王妃が最初に作ったリボンは初めてとは思えないすばらしい仕上がりで、彼女も満足したらしい。

趣味ができた、と王妃は喜んでいた。

と、こんな感じで、王妃とは穏やかな時間を過ごしていた。

ただ、王妃が話をする気配はまったく見られず、かと言って私に処罰が言い渡されるわけでもなかった。

時間だけが過ぎていったが、ついにお茶に誘われた。

「グラシエラよ。どうか、私の話を聞いてほしい」

「はい」

ついに、王妃の覚悟が決まったようだ。

「話したかったのは、私の過ちについてだ」

王妃はこれまでのことについて語り始める。

「事の始まりは、姉の駆け落ちだった」

噂話《うわさばなし》では姉を蹴落としてまでビネンメーア王に嫁いだ、なんて言われていたものの、事実は異なるようだ。

「姉は護衛騎士と恋仲だったらしい。ビネンメーア王との結婚が決定していたのに、愛に生きると言って姿を消したのだ」

結婚するはずだった姫君が騎士と駆け落ちしたことが知られたら、王妃の祖国であるフランデーヌ国の恥となる。

「姉と騎士は程なくして発見され、保護されたものの、ビネンメーア王と結婚するならば命を絶つとまで言いだしたらしい」

これがふたりの愛だと言い切ったようだ。

「私にはとても衝撃だった。相手のために国を裏切ってまで、そこまでできるのか、と」

結局、王妃の姉をビネンメーア王へ嫁がせることは諦めたらしい。

無理やり結婚させても、上手《うま》くいくとは思わなかったからだとか。

「ただ、一度決定した姉との結婚をどう覆そうか。父王は三日三晩悩んだようだ。結果、父がひねり出したものが、私のほうがビネンメーアの王妃として相応《ふさわ》しいから、姉を蹴落としたというとんでもないものだった」

フランデーヌ国の恥を晒《さら》すよりも、王妃を悪女として仕立てたほうがマシだと思ったのか。とんでもない作戦であった。

「最低最悪な結婚だと決めつけていたが、国王陛下との結婚は、悪いものではなかった」

見目麗しく、心優しい国王に王妃は一目惚《ひとめぼ》れしたらしい。

「それが私の初恋だったんだ」

国王のため、ビネンメーアのために尽くす王妃となろう。

そう決意していた王妃だったが、想定外の事態になる。

長年、どれだけ努力を重ねても、子どもを授からなかったのだ。

「年々、私の立場は悪くなっていった。王妃の価値は子どもを産むことだとばかりに、内心バカにする者達も出てきた」

唯一、国王が優しく励ましてくれたことが、王妃にとっての救いだったらしい。

国王がいるならば、何年かけても頑張ろうと自らを鼓舞させていたのだとか。

そんな状況で、王妃を追い詰めるような出来事が起きた。

「国王陛下が突然、公妾——アンネを迎えたのだ」

これまで王妃が目にしたことがないような甘い顔を、マントイフェル卿の母親であるアンネに見せていたようだ。

「国王陛下のアンネへの愛を前に、私の心はポッキリと折れてしまった」

その日の晩、アンネのもとへ嬉々《きき》として向かう国王を見送ったあと、これまで王妃を励ましてくれた心優しい男と初めて夜を共にしてしまったらしい。

「その日の晩のことを、私は今でも後悔している。愚かな私は陛下とアンネの関係に耐えきれず、その男との関係をズルズルと続けてしまった。彼は優しく、私に無償の愛を捧《ささ》げてくれた——と、当時は考えていたのだ」

深夜、その男は隠し通路を使って王妃に逢《あ》いに来ていたらしい。そのため、ふたりの関係が外部に露見することはなかったという。

「この私がもっともショックを受けたのは、アンネの妊娠だった」

国王の愛だけでなく、王妃がもっとも望んでいた子までも手に入れてしまうなんて、憎たらしいとしか思えなかったらしい。

そんな状況で、王妃の愛人である男は夜更けの微睡《まどろ》むような時間に、とんでもない提案を囁《ささや》いたという。

「あの男はアンネを殺そうか？　と言ってきたのだ」

ドクン！　と胸が激しく脈打った。

その人物こそ、イルマを手にかけた男かもしれない。

王妃の愛人について詳しく聞いていいものなのか。これまで相づちを打つばかりだったので、不審に思われるかもしれない。ここは疑問をぐっと呑み込んだ。

「憎たらしく、いなくなればいいと思えど、他人に対して死ねばいいと思ったことは一度もなかった。それは今もだ」

王妃は私の目をまっすぐに見つめながら話す。

「今思えば、先ほどのマントイフェル卿は私がグラシエラを手にかけないか心配だったのだろうな。だからあのように、けん制するような態度を見せたに違いない」

どうやら目論見《もくろみ》は見抜かれていたらしい。こういうところが油断ならないのだろう。

「あの男からすれば、私は取るに足らない者だというのに」

「それはいったい、どういう意味なのですか？」

「彼が本気になれば、私なんぞ一瞬で捻《ひね》り潰せるだろう」

なんでもマントイフェル卿は王妃の弱みを握っているらしい。

「どうせマントイフェル卿は、彼の暗殺を計画しているのは、私だと思っているのだろう？」

王妃は「私ではない」とハッキリ宣言した。ただそれが嘘か本当か、見抜く能力は残念ながら私にはなかった。

「マントイフェル卿が持つ情報は最強の剣だ。彼はその気がないので、振るおうとしないだけ。私はその剣に怯《おび》えながら生きてきた」

事情を知らない者達は、マントイフェル卿なんぞ恐るるに足らないものだと言い切る。

けれども王妃はそうは思っていないようだ。

なぜ、王妃はこれほどマントイフェル卿を警戒しているのだろうか。それとなくわかる気もするのだが、本人の口から直接聞いたほうがいい。思い切って尋ねてみた。

「王妃殿下、マントイフェル卿の握る最強の剣というのは、いったいなんのことなのですか？」

「彼が、王位継承権の第一位を賜っていたはずなんだ。それを公の場で主張したら、誰もが彼を次代の国王だと認めるだろう」

私が驚かないので、王妃は「マントイフェル卿の正体を知っていたのか？」と問いかけてくる。

こくりと頷《うなず》くと、「そうか」と安堵《あんど》するような表情を浮かべた。

それは殺そうと思っている相手に、見せるような顔ではないだろう。

「本来であれば、エンゲルベルトが受けていた栄光は、マントイフェル卿が受けるはずだったのだ」

「しかし、エンゲルベルト殿下は国王陛下と王妃殿下の間に生まれた、唯一の御子《みこ》です。継承権の序列が揺らぐ心配はないと思います」

通常、王位継承権というものは国王と王妃の子にしか与えられない。

マントイフェル卿とレオナルド殿下が与えられたのは変則的《イレギュラー》なのだろう。

それゆえ、マントイフェル卿が最強の剣を持っているというのは言いすぎではないのか。そう指摘すると、王妃は首を横に振って否定した。

「違う」

「え？」

「エンゲルベルトは……継承権第一位に相応しくない者なのだ」

いったいなぜ、そのようなことを言いだしたのか。

王妃は顔色を真っ青にさせ、神父に告解する罪人のように私に縋《すが》りながら言った。

「エンゲルベルトは、陛下の子ではない」

「そ、そんな！　ありえないことですわ。だって――」

エンゲルベルト殿下は国王に顔立ちがそっくりである。ふたりが並んだら、一目見ただけではっきり血縁関係にあるとわかることだ。

国王の子で間違いないと言っても、王妃は首を横に振る。

「月に一度、陛下は私の寝所に通っていた。しかしながら、妊娠が明らかになった日から遡ると、ちょうど陛下が一度もいらっしゃらなかった月に当てはまってしまったのだ」

その事実に、国王は気付いていなかった。

どうやら妊娠について詳しく知らなかったらしい。

「陛下は隠し通路を使って私の部屋を訪れる日もあった。そのため、臣下はいつ寝所を共にしたかすべてを把握していない」

なんでも国王は夜、王妃と公妾の寝所のどちらに通っているのか、臣下達に把握されたくなかったらしい。そのため、隠し通路を使ってひっそり移動していたようだ。

つまり王妃が妊娠した期間は、愛人としか関係を持っていなかったというわけである。

「陛下は妊娠を喜んでいた。それなのに私はひとり、地獄にいるような心地を味わっていたのだ」

出産はアンネのほうが先だった。

生まれるのは王女であってほしい。そんな願いが叶《かな》ったのか、子どもは王女だった。

「けれども国王は、その者に王位継承権を与えると宣言した」

初めての子なので、特別なものを与えたいなどと言いだしたようだ。

王妃が産む子どもが男であっても、愛人との間に生まれた子だと発覚すれば王位継承権は認められず、アンネの子が継承権第一位となるだろう。

ビネンメーアの歴史に女王はいなかったが、国王唯一の子ならば、周囲も認めざるをえない。

その当時、王妃は出産間近だった。

陣痛の痛みに耐えながら、自ら国王に会いに行ったという。

「私は必死になって王位継承権を与えないようにと陛下に懇願した」

王妃の願いは叶えられ、ひとまず保留となった。

「その後、私は子どもを産んだ」

ビネンメーアの誰もが望んでいた、王子だった。

「陛下はこれまで私に見せたことがないほどの笑みを見せていた。面差しが自分にそっくりだと喜びながら――」

これまでさんざん苦しんでいた王妃は、国王に素直に打ち明けようと考えていた。

妊娠、出産できたのだから、今度は国王との子を作ればいい。

そんなふうに考えていた。

けれども喜ぶ国王を前にしたら、何も言えなくなってしまったのだという。

「私の中にあった最後の良心が、砕け散った瞬間だと言っても過言ではないだろう」

エンゲルベルト殿下は成長するにつれて、国王に似ていったという。

幼少期の肖像画もそっくりだと、臣下の間で評判だったらしい。

「エンゲルベルトが生まれてからというもの、国王の気持ちは少しだけアンネから離れていった。私のもとへ通う日も増えていったのだ」

そんな日々を繰り返すうちに、王妃の中で燻《くすぶ》っていた罪悪感も薄れていったようだ。

「エンゲルベルトと陛下と、家族三人で過ごす毎日は本当に幸せだった。ようやく私に訪れた平穏だったのだ」

その幸せは永遠に続くと思っていた。アンネが亡くなる日までは。

「これまで大人しくしていたアンネの子、マリオン王女が急に話があると言い、陛下と私を呼び出したのだ」

そこで明らかになったのが、マリオン王女が実は男で、王子だったということであった。

「エンゲルベルトよりも先に生まれた彼は、間違いなく王位継承権第一位を持つ、正統な後継者だった」

王妃はショックのあまり寝込んでしまったという。

「そんな私を見て気の毒に思ったのか。あの男がマリオン王女の暗殺を目論んだのだ」

あの男、というのは王妃の愛人である。

エンゲルベルト殿下が生まれてからも関係を断ち切れずにいたようだ。

「彼は私のためだと言って、マリオン王女の命を狙った……」

もしもマリオン王女が王子であると広く知れ渡ったら、エンゲルベルト殿下の立場が揺らぐかもしれない。

そう囁かれたら、それ以上何も言えなくなってしまったのだという。

「その後、マリオン王女は〝リオン・フォン・マントイフェル〟と名前を変えて、騎士となって私達の前に現れるようになった」

国王がマントイフェル卿をエンゲルベルト殿下の騎士にしようと提案したときは、死刑宣告を受けたかのような衝撃を受けたらしい。

必死になって止めたからか、周囲の者達はマントイフェル卿に何か問題があるのではないか、と囁くようになったのだとか。

「マントイフェル卿には悪いことをしたと思っている。けれどもあのふたりを近くに置くことなど、とても容認できないと思ったのだ」

それからというもの、いつマントイフェル卿が正体を明かし、エンゲルベルト殿下より先に生まれていると主張しないか怯える日々を過ごしていたらしい。

「だから、あの男がマントイフェル卿の命を狙っていても、何も言えなかったんだ」

マントイフェル卿に対し死んでほしいと願っていなかったことはたしかだが、その命を守ることもできなかったようだ。

長年、互いに刺激しないよう避けてきたのに、私を侍女に迎えるときに行動を起こしてきたマントイフェル卿を見て、心の奥底から驚いたという。

「マントイフェル卿があのように、真正面からケンカを売ってきたのは初めてのことで、驚いてしまって……」

そこまで関係が深くない私に、すべての不安を吐露してしまったのだろう。

「お辛かったのですね」

王妃は大粒の涙を流しながら、何度も頷いていた。

それにしても、エンゲルベルト殿下は国王の子ではないのになぜそこまで似ているのか。

ふと、国王に面差しがそっくりな人物の顔が頭に浮かんだ。

その瞬間、ゾッと悪寒が走る。

エンゲルベルト殿下の父親であり、王妃と関係があった男は――ゴッドローブ殿下だ。

くらり、と眩暈《めまい》に襲われるような感覚に陥る。

王妃は愛人と隠し通路を使って密会していたと話していた。

以前、マントイフェル卿が話していた。王宮にある隠し通路が使えるのは王族だけだ、と。

王妃の愛人はゴッドローブ殿下で間違いないのだろう。

臣下にもバレないように密会していたのだから、探偵にも尻尾《しっぽ》が摑《つか》めないわけである。

今日、王妃が私に打ち明けなかったら、いくら調査してもわからなかったに違いない。

ゴッドローブ殿下は長年、親切な叔父の顔をしながら、マントイフェル卿の傍に居続けたのだ。

なんて恐ろしい男なのか。考えただけで鳥肌が立つ。

一刻も早くここを抜けだし、マントイフェル卿に秘密を打ち明けなければならない。

けれども王妃の話はまだ終わっていなかった。

「マリオン王女がマントイフェル卿と名を変え、頻繁に姿を現すようになってから、私の心は穏やかではなかった。それに加えて、新しい公妾カリーナも現れたので、悲嘆に暮れていた」

エンゲルベルト殿下が生まれたあとも新たな後継者を生むため、国王と王妃は寝所を共にしていたらしい。

けれども新しい命が宿ることはなかったようだ。

「医者は相性の問題かもしれない、と言っていた。エンゲルベルトが生まれたのは奇跡だと」

エンゲルベルト殿下が生まれたのは奇跡でもなんでもない、と王妃は投げやりに言う。

「四十を過ぎてからはさすがの私も出産を諦めた」

彼が愛人との間に生まれた子という事実は、墓の下まで持っていこう、と心の中で誓ったらしい。

「まさかそのあとに陛下が新しい公妾を迎えて、新たな王子が生まれるとは夢にも思っていなかったのだ」

十八年ぶりの王子の誕生を、国王は大いに喜んだという。

そして再度、国王は公妾の子に王位継承権を与えると言いだしたのだ。

「それだけはなんとしても阻止したかった」

自分が王子と公表せず、ただの騎士として生きるマントイフェル卿の存在は百歩譲って容認できる。けれどもレオナルド殿下は国王の血を受け継ぐ王子だと知れ渡っているのだ。

そんな状況で王位継承権まで与えたら、エンゲルベルト殿下が国王の子ではないと発覚したときに大変なことになる。

長年守ってきた次期国王の座が、あっさり奪われてしまうのだ。

「陛下にカリーナの子に継承権を与えないよう、懇願した」

しかしながら、王妃の願いは叶えられなかった。

それどころか、マリオン王女にも継承権を与えると言いだしたのだ。

「結果、レオナルド、マリオン、両方に王位継承権が与えられてしまった。最悪としか言いようがない状況に追い込まれたのだ」

以降、王妃は愛人がマントイフェル卿を暗殺しようとしていることがわかっても、窘《たしな》めることすらできなくなってしまったようだ。

「毎日、不安で押しつぶされそうだった」

そんな王妃に、愛人はある提案をした。それは、王妃を支持する者を集め、後援会を作ろうという話だった。異国の地からやってきた、悪女のイメージがある王妃は、ビネンメーアの貴族達の受けが悪かった。

けれども密《ひそ》かに王妃を慕う者達を集め、金品やフランデーヌ国のごちそうで心を摑んで味方に引き入れた。

それが、王妃派の始まりだったらしい。

「まさかそれに続くように公妾派ができるとは、夢にも思っていなかったのだ」

王妃は公妾派に負けるわけにはいかないといつしかムキになり、どんどん勢力を増やしていったという。

「我に返ったときには、王妃派と公妾派で勢力が分かれるほど、大きな話になっていたのだ」

こうなったらもうあとに引き下がれない。

周囲の者達の存在が、王妃の気を大きくしているのもあったのだろう。

「わかりやすく、私とカリーナは敵対関係になってしまった」

公妾の存在を否定するつもりはなかったという。

「陛下の心を私は慰めることができない。アンネやカリーナのような存在は、どうしても必要だったのだ」

このような愚かな争いは何も生み出さないだろう。

同時に、自身にとって悪影響でしかない愛人との関係も解消しようと覚悟を決めたようだ。

王妃は愛人を王族専用の庭に呼び出し、不毛な争いを止めたいと相談した。

「けれどもあの男は、王妃派と公妾派は必要だと言ったのだ」

何か熱中することがあれば、エンゲルベルト殿下の秘密も隠しやすいだろう。

もしも争いがなくなれば、暇を持て余した人々は王妃の秘密に気付いてしまうかもしれない。

「さらに、あの男は私との関係を終えるつもりはないと言ってのけたのだ」

愛人は王妃を優しく抱きしめ、かならず守るから、と囁いた。

「あれは三年ほど前の話だったか。私とあの男が抱き合っているところを、侍女に目撃されてしまった」

その侍女こそ、イルマだったのだろう。

愛人との関係だけでなく、エンゲルベルト殿下の秘密も知られてしまった。

「口止めはしておいたのだが、毎日気が気でなかった。彼女は期間限定の侍女で、役目を終えて帰ろうとしていたところを引き留めたのだが、結婚が近いからと断られてしまい――」

もしもイルマが秘密を暴露《ばくろ》したら、王妃は一巻の終わりだ。

愛人にどうにかしたいと相談したあと、とんでもない事件が起こる。

「侍女だった娘が、湖に浮かんだ状態で発見されたのだ。私が頼んでもいないのに、あの男は殺してしまった！」

ああ！　と叫びそうになる。

イルマを殺したのは、ゴッドローブ殿下だったのだ。

やはり、彼女の死は事故でも自死でもなかった。

秘密を聞かれてしまったので、口封じをするために手にかけたのだ。

「犠牲者は彼女だけではない。私のせいで、カリーナまでもが殺されてしまった！　たくさんの人達の人生を奪ってまで、秘密を守らなくてもよかったのに――！」

どうやら王妃は行方《ゆくえ》不明になった公妾がすでに殺されたと思っているらしい。

公妾は生きていると言って安心させたいが、今は隠しておいたほうがいいだろう。

「グラシエラ、私はこれからどうすればいいのだろうか？」

「それは……」

すぐに答えが出せるものではないだろう。

けれども王妃は追い詰められた状態に陥っている。このままひとりにするわけにはいかない。

「王妃殿下、侯爵夫人に相談してみませんか？」

「ファルケンハイ侯爵夫人に？　しかし、彼女はアンネと仲がよく、私のことはよく思っていないはずだ」

王妃はすっかり弱気になっているらしい。以前は侯爵夫人に会いに来るように言っていたのに。

「そんなことはないですよ。一度、経験豊富な侯爵夫人に意見を聞いてみましょう」

私の提案に、王妃は頷いてくれた。

王妃はここに侯爵夫人を呼び出そうとした。

しかしながら王宮ではいつどの場面でゴッドローブ殿下が現れるかわからない。

公妾と同じように、侯爵家に身を寄せたほうがいいだろう。

ただ、王妃の外出が許されるわけがなかった。

どうしようか頭を悩ませているところに、王妃は提案する。

「侯爵夫人が危篤で、私を呼び出していることにしようか」

実行するならば、早いほうがいい。

「わかった。ならば、すぐにでも一芝居打とう」

王妃は部屋を飛び出し、国王のもとへ向かった。

「陛下！　陛下！　少し話をしたい」

公務中の国王はいったい何が起きたのか、とキョトンとした表情でいた。

ちょうどゴッドローブ殿下が部屋にいたので、心臓がバクバクと脈打つ。

彼を意識しないよう、あくまでも私の動揺は侯爵夫人が危篤だから、というていで演技していた。

「侯爵夫人が危篤で、私と話したがっているらしい」

「それは大変だ！　今すぐ行ってあげなさい！」

王妃はこくりと頷き、私を励ますように肩を抱きながら執務室を去る。

そのまま急ぎ足で王宮の外に出て、馬車に飛び乗った。


突然帰宅した私と王妃の姿を見た侯爵夫人は、さすがに驚いていた。

「な、何事なの!?」

「ファルケンハイ侯爵夫人、申し訳ないが、危篤患者になってくれないか？」

王妃がとうとう理解できないことを言いだしたので、侯爵夫人は助けを求めるように私を見た。

「相談したいことがございます。それでその、ひとまず寝室に向かいましょうか」

王妃は私に語って聞かせたことを、侯爵夫人にも伝えた。

イルマの死の謎にも触れたことから、強い憤りを表情から感じる。

「そう。イルマを殺したのは〝彼〟だったの」

私とは違い、侯爵夫人はハッキリ指摘する。

「王妃殿下、あなたの愛人は、ゴッドローブ殿下で間違いないでしょうか？」

「そ、それは……」

「白状しないと、王妃殿下の話は信じられません」

観念したのか、王妃は愛人がゴッドローブ殿下であることを告げた。

「あの男、野心なんてぜんぜんないっていう顔をしながら、裏で暗躍していたのね！」

王妃はゴッドローブ殿下の思うままに、まんまと踊らされていたのだろう。

気の毒としか言いようがない。

「私はこれからどうすればいいのか……」

「ひとまず、危篤である私を看病すると決意していただいて、ここに身を寄せていればいいでしょう。カリーナ様のように、守って差し上げます」

「カリーナ？　か、彼女もここにいるのか!?」

「あら、ご存じなかったのですか？」

レオナルド殿下共々保護していると侯爵夫人が言うと、王妃は心底ホッとしたのか、深く長い安堵のため息を吐いていた。

「てっきりカリーナとレオナルド殿下は、あの男に殺されたものだとばかり思っていた。遺体が発見されるのも、時間の問題だと……」

「私達が保護しなければ、きっと殺されていたでしょうね」

ひとまず、侯爵夫人は危篤となり、王妃を保護することにしたらしい。

「しかし、何日もここに滞在していたら、あの男は怪しむかもしれない」

「心配ありませんわ。その前に、リオンがすべてに片を付けるでしょうから」

「マントイフェル卿が？」

「ええ」

盗まれた王妃の首飾りのために立てた作戦だが、今回の事件と絡めて解決に導くことができるようだ。

「エンゲルベルト殿下には悪いけれど、隠された真実は暴かないといけませんから」

王妃はぎゅっと目を閉じ、拳を強く握る。

エンゲルベルト殿下が国王として即位するのを、心待ちにしていただろう。

その夢を手放さなければならないのだ。

「あの男のせいで、多くの人達が不幸になった。その償いをするときが訪れたのだろう」

王妃はまっすぐ侯爵夫人を見つめ、騒動の解決を願った。

◇　◇　◇

王妃は精神的に弱りきっているようで、しばらく公妾と会わせるつもりはないらしい。

仲違《なかたが》いしていたふたりが同じ屋敷にいるなんて、不思議な気分である。

ひとまず、マントイフェル卿へは鳥簡《ちょうかん》魔法を使い、ゴッドローブ殿下に警戒するよう伝えておいた。彼と繋がった魔法の糸で一方的に伝えることもできたが、私の危機が迫った緊急事態ではないので、使うべきではないと判断したのだ。

マントイフェル卿に届かなかったことを考え、手紙には遠回しに、敵は守るべき前方にあり、とだけ書いた。聡《さと》いマントイフェル卿であれば、意味を理解してくれるだろう。

短い期間に、さまざまなことがあった。これ以上何もないだろうと思っていたところに、探偵が訪問する。

なんでも以前依頼した、毒薬の出所や購入者の名簿を入手したらしい。

毒薬を販売していたのは、王室御用達《ごようたし》の薬問屋のひとつだった。

王妃派の一員で、公妾の実家とライバル関係にある一族だったらしい。

毒薬の取引と引き換えに、王室御用達に選ばれたようだ。

毒薬を購入していたビネンメーアの貴族の名に見覚えはない。

けれどもすべて、中立派の人間であり、ゴッドローブ殿下の配下だったことが明らかになったようだ。

おそらく近しい者達に毒を購入させていたのだろう。

情報はそれだけではなかった。

ゴッドローブ殿下は配下の手を通じて、ヴルカーノにも毒薬を販売していたらしい。

顧客の中に叔父の名前を発見し、言葉を失った。

父が薬だと思って服用していたのは、ビネンメーアから取り寄せた毒だったのだ。

叔父はゴッドローブ殿下と繋がっていたらしい。

時間が巻き戻る前、王妃の首飾りを叔父に渡したのもゴッドローブ殿下だったのだろう。

ならば、今回の事件で王妃の首飾りを盗んだのも、ゴッドローブ殿下で間違いない。

王妃の愛人である彼ならば、寝室にある金庫から首飾りを抜き取ることも可能なはずだ。

おまけとして、探偵はある情報も提供してくれた。

公妾の傍にいた侍女だが、彼女はゴッドローブ殿下の愛人のひとりだったらしい。

なんでも仕えるふりをして、公妾を意のままに操っていたようだ。

ゴッドローブ殿下の息がかかった侍女がいるのならば、公妾の金庫に王妃の首飾りと毒を仕込むことなど容易《たやす》いだろう。

私の周囲に渦巻く謎が線となり、点と点が繋がっていく。

ゴッドローブ殿下こそ、諸悪の根源だったわけだ。

この問題が解決したら、マントイフェル卿にすべてを打ち明けたい。

私はドーサ夫人ではなくメンドーサ公爵家のグラシエラと言い、レンの本当の名前はフロレンシで、私の息子ではなく弟である。叔父に財産を狙われ、危険を察知したので、弟を自分の子として偽り、ビネンメーアにやってきたのだ。

なんて説明したら、マントイフェル卿はどんな反応を示すのか。

もしも許してくれたら、今度は自分の感情に素直になりたい。

心の中で認めるだけでなく、マントイフェル卿にも気持ちを示せるようになりたいのだ。

その前に、事件を解決しなければならないのだが……。

物思いに耽《ふけ》る私のもとに、慌てた様子でメイド長であるローザがやってきた。

「ドーサ夫人、大変です！　マントイフェル卿が、ゴッドローブ殿下を庇《かば》って、大怪我《おおけが》を負ったそうです！」

一度耳にしただけでは理解できなかった。

ローザにもう一度言ってほしいと頼むと、今度はゆっくり報告してくれた。

「マントイフェル卿が、ゴッドローブ殿下を庇い、ケガを負ったそうです」

現在意識不明で、生死の境を彷徨《さまよ》っているという。

「治療に集中するため、面会はお断りしているそうです」

彼が騎士である以上、このような事態は想定していた。

けれども、マントイフェル卿の命を狙っていたゴッドローブ殿下を庇って、致命傷を負ってしまうなんて……。

これ以上の不幸はないだろう。

頭を抱えた瞬間、窓からコツコツと小さく叩くような音が聞こえた。

音の正体は二時間ほど前に送った鳥簡魔法である。

窓を開けると勢いよく入ってきて、〝宛先不明〟とだけ文字が浮かび上がった。

どうやら、マントイフェル卿へ送った警告文は届かなかったようだ。

「ローザ、ありがとう。下がってくださいな」

「は、はい」

彼女が去ったあと、私はその場に頽《くずお》れる。

『ニャニャー！』

ガッちゃんは銀色に輝く糸を私にそっと差しだす。それはマントイフェル卿に繋げた魔法の糸である。一方的に、私の声や振動を届けられる代物だ。

すぐに糸を握り、声をかけてみた。

「リオン様、わたくしの声が聞こえますか？」

驚くほど、か弱く震えた声になってしまった。もしも聞かれていたら、笑われていただろう。

けれども今、彼は意識がないのだから、聞こえるわけがなかった。

『ニャニャ、ニャー！』

糸を使い、容態を確認に行ってこようか？　とガッちゃんが提案してくれた気がした。

けれども、ローザから聞いた以上の情報は得られないだろう。

それに、ガッちゃんを危険に晒したくない。

「ガッちゃん、今はわたくしの傍にいてください」

『ニャア』

めそめそしている場合ではない。治療に当たっている医者がゴッドローブ殿下の手の者ならば治療と称し、手にかけることも可能なはずだ。

どこかへ転院させたほうがいいのではないか。

すぐに侯爵夫人のもとへ行き、マントイフェル卿の状況について話す。

侯爵夫人にも連絡が届いていて、すでに手を打っていたようだ。

「侯爵家が懇意にしている医者を数名派遣したわ。彼らの目があれば、下手《へた》な治療はできないはず」

腕のいい医者ばかりなので安心して待っておくといい、という侯爵夫人の言葉に頷いたのだった。

◇　◇　◇

それからというもの、なんだか嫌な予感がしたので、侯爵夫人の許可を得てフロレンシが待つコテージに戻った。

今日はメイドと共に本を読んでいたらしい。

「さっきまでナルがいたのですが、侍女さんがやってきて、お屋敷に連れ戻されてしまいました」

「そうだったのですね」

ナルというのは、少女に扮《ふん》したレオナルド殿下である。

フロレンシは相手が王子だと疑わずに、先ほどまで仲良く遊んでいたらしい。

急に連れ戻されてしまったのは、王妃の滞在が決まったからだろう。

「なんだかみんな、ハラハラしているように思います」

「ええ……」

子どもは大人達のささいな変化に敏感なのだろう。

フロレンシを抱きしめ、大丈夫だからと声をかけておく。

「お母さんも、いつもと少し違います」

マントイフェル卿が致命傷を負ったと聞いてから、平静を保てなくなっているのだろう。

貴族の淑女たるもの、いかなる状況でも感情を表に出してはいけない。そういう教育を受けていたのに、フロレンシにあっさり見透かされてしまうなんて。

「お母さん、大丈夫ですよ。何も、悪いことは起きませんので。本に書いてあったんです。悪い方向へ考えてしまうと、本当に悪いものを引き寄せてしまう、と」

だから、大丈夫だと思ったほうがいい。フロレンシはそんなことを言って、私を励ましてくれる。

まさか、年の離れた彼に元気づけられる日が訪れるなんて……。

「レン……ありがとうございます。もう少ししたら、何があったか話しますね」

「はい、わかりました」

物わかりがよすぎる子に育ててしまい、申し訳なくなってしまう。

私達を取り巻く問題が解決したら、フロレンシを思いっきり甘やかそう。

たまには我《わ》が儘《まま》を言えるような環境を作らないといけない。

一回目の人生で犯した失敗は二度と繰り返さず、二回目の人生はフロレンシと一緒に、絶対に幸せになるのだ。

そう、心に誓った。

緊急事態だからといって、いつもと異なる行動をしたらフロレンシが不安に思うに違いない。なるべく、普段と同じように振る舞わなければ。

ひとまず夕食の用意でもしよう。

「レン、一緒にお料理を作りましょう」

「はい！」

メイドには早めに家に帰るように言っておいた。

念のため、ガッちゃんに頼んで侯爵家に結界を張ってもらう。

これで、不届き者が立ち入ることはできないだろう。

「お母さん、今日は何を作るのですか？」

「干しタラのムニエルにしようかな、と考えていました」

「わあ、干しタラ！　大好きです！」

干しタラというのはビネンメーアの名産品である。

ヴルカーノにはない食材だったので、話に聞いたときは驚いたものだ。

干しタラは新鮮なタラを塩漬けにし、乾燥させたものである。

もちろん、そのままでは食べられない。

何度か水を換えつつ塩抜きしなければならないという、非常に手間暇がかかる食材なのだ。

塩抜きした干しタラの身は、カラカラに乾いた状態からふっくらとした身に戻る。

これを調理するというわけだ。

切り分けた干しタラに、パン粉に刻んだ乾燥香草を混ぜたものをまぶしていった。この作業はフロレンシに手伝ってもらう。

ガッちゃんは魔法で作った糸で、バターを切り分けてくれた。

鍋にバターを落とし、溶けるまで火を入れる。これに干しタラの皮目を下にして焼いていくのだ。

ジュワ～っと焼き色が付いていく。表面がキツネ色になったら完成だ。

フロレンシは干しタラのムニエルが気に入ったようで、三切れも食べた。

私は正直なところ、マントイフェル卿の容態が気になって気が気でなく、食欲なんてまったくなかった。

けれども何か口にしないと倒れてしまうだろうと思って、無理やりにでも詰め込んだ。

以前の私だったら、何も食べていなかっただろう。

ビネンメーアにやってきてから、ずいぶんと逞《たくま》しくなっていたようだ。

今日は早く眠ろう。

そう思っていたのに、まさかの訪問で目を覚ます。

やってきたのはアニーであった。どうやら屋敷に届いた手紙を運んでくれたらしい。

「こちら、先ほど早馬でドーサ夫人宛に届けられたものです」

「あ、ありがとうございます」

こんな夜遅くにいったい誰なのか。

差出人を見るために封筒をひっくり返す。そこに書かれていた名前は、ゴッドローブ殿下のものだった。

いったいなんの用事で手紙を寄越《よこ》したのか。

もしや、マントイフェル卿の容態を知らせる手紙か。

震える手で封を開く。中には一枚のカードが入っていた。

そこに書かれてあったのは、王妃の首飾りを盗んだ犯人について話したいので来てほしい、というものだった。

「これは――！」

なんでも騎士隊が調査した内容を報告し、犯人について説明する、というものだった。

いったい何を考えているというのか。考えがまったく読めない。

ゴッドローブ殿下からのカードは侯爵夫人にも届いているらしい。

たくさんの人々を集めるようだ。

「開催は明日の昼間、王宮にて……」

侯爵夫人はまだ起きているというので、話を聞きに行こう。

フロレンシのことはガッちゃんに任せ、侯爵邸に向かう。

「ああ、ララ、よかった。これからあなたのところに話をしに行こうと思っていたの」

アニーが作ってくれた蜂蜜入りのホットミルクを囲みながら、ゴッドローブ殿下から届いたカードについて話す。

「まったく、呆れたの一言よ。王妃殿下の首飾りを盗んだ犯人について話したいだなんて、よくも言えたものだわ」

「いったいどこのどなたを犯人として、糾弾するつもりなのでしょうか？」

「そんなの、彼はどうとでもするわよ」

今日の襲撃事件も利用するかもしれない、と侯爵夫人は予想していたらしい。

「そもそも、本当に起きた事件かも怪しいところだわ」

「自作自演の可能性がある、というわけですか？」

侯爵夫人は神妙な表情で頷く。

「最初から、襲撃事件の狙いはリオンで、襲撃犯に首飾りの事件の罪を押しつける——ゴッドローブ殿下が抱える問題が一度に解決する、都合がいい事件だと思わない？」

「言われてみれば、そうですね」

マントイフェル卿はそうとは知らずに、ゴッドローブ殿下を守ってしまった、というわけだったのか。

「気の毒な話だわ」

「本当に……。わたくしが魔法糸を使ってすぐにゴッドローブ殿下は危険だと伝えていれば、マントイフェル卿はケガをしていなかったかもしれません」

「そんなことないわ。私達が気付いた頃には、事件はすでに起きていたのよ」

侯爵夫人に届いた手紙にはマントイフェル卿の容態を知らせる、診断書も添えられていたらしい。

「リオンについては、依然として予断を許さないような状況みたい。もしも危険な状態になったら、知らせてくれるそうよ」

「そう、でしたか」

心配で胸が張り裂けそうだが、ひとまず私にできることはないようだ。

「ララ、明日の報告会には参加しましょう。ゴッドローブ殿下が誰を犯人に仕立て上げるのか、楽しみだわ」

「あの……わたくしは参加しても大丈夫なのでしょうか？」

「どうして？」

「なんだか嫌な予感がしてならないのです」

首飾りの事件については、マントイフェル卿を中心に解決しようという話だった。

ゴッドローブ殿下に先手を打たれてしまっては、作戦が台無しになるのではないのか。

「ララ、心配しないで。あなたが思うような悪い事態には絶対にならないから」

侯爵夫人は私の手を優しく握り、大丈夫だからと噛《か》んで含めるように言った。

今は侯爵夫人を信じて、明日の報告会を迎えるしかない。

その後、コテージに戻る。

家の中に入る前に、ふと、夜空を見上げた。

満天の星が広がっている。

「あ――！」

このような美しい星々を目にするのは初めてであった。

ここは王都から離れているので、空気が澄んでいて、きれいに見えるのだろう。

マントイフェル卿はこの夜空を見たことがあるのだろうか。

無性に、彼と話がしたくなる。

ガッちゃんが繋いでくれた糸を手に取り、そっと囁く。

「リオン様、聞こえますか？」

もうずっと意識が戻っていない、という話を聞いていた。

わかっているのに、声をかけてしまった。

リオン・フォン・マントイフェルは不思議な男性《ひと》だった。

出会ったばかりの頃は態度に慎重さがなく、誠意が感じられない様子ばかり見せていた。

けれどもそれは演じていたもので、本当の彼の姿は別にあった。

マントイフェル卿はマリオン王女として育てられただけでなく、母親を亡くしてからは天涯孤独の身となり、何者かに命を狙われていた。

余裕なんてないはずなのに、彼は私やフロレンシにとても優しく接してくれた。

初めこそ警戒していたものの、しだいに心が惹《ひ》かれるようになっていたのだ。

フロレンシのために生きると誓った私が、他人を好きになるなんて今でも信じられない。固い決意と共にビネンメーアにやってきたはずだったのに、恋心だけは思いどおりにならないようだ。

銀色の糸にそっと指先を這《は》わせ、誰にも聞こえないような声で囁く。

「リオン様、お慕いしております」

今、この瞬間だけは素直になってもいいだろう。

もしも、彼と二度と会えないようになったときに後悔しないよう、気持ちを伝えておいた。

もちろん、答えなんて返ってこない。

それでもいい。これは一方的な愛だろうから。

ふと、花壇がぼんやり光っているのに気付いた。

近付いてみると、クリスタル・スノードロップが満開なことに気付く。

「きれい」

水晶のような花が月明かりを浴びて、開花したようだ。

ぼんやり光を帯び、美しく咲き誇っていた。

ここでスノードロップの花言葉を思い出す。

「慰めと、希望――」

まるで今の私にマントイフェル卿がかけてくれたかのような、優しい言葉だった。

悲しんでいる場合ではないだろう。しっかり前を見て、事件と対峙《たいじ》しなければならない。

眠れないだろうが、横になって体力を回復しよう。

明日のために備えなければ。

◇◇◇

マントイフェル卿が襲撃事件の凶刃に倒れ、予断を許さない状況で迎えた翌日。

フロレンシは朝から家庭教師が迎えにやってきて、侯爵家の本邸へと向かった。

見送って、メイドにコテージの掃除と庭の草木の水やりを頼んでから、ゴッドローブ殿下が主催する集まりに行くための身なりを整える。

ドレスは襟が詰まった瑠璃懸巣色《ジェイブルー》の、シンプルなものに決めた。

レースやリボンがない、大人っぽい意匠である。これを纏っていたら、年相応に見えない。既婚者に相応しい一着だろう。

背後にあるボタンは、ガッちゃんが丁寧に留めてくれる。

華美すぎない程度に化粧をし、髪は三つ編みにしてクラウンのように巻き付けた。

侯爵夫人から社交界の集まりで身に着けるように、と賜った真珠の耳飾りと指輪を装着する。

鏡を覗き込むと、不安げな表情を浮かべる自分自身の姿が映った。

まるで断頭台に立った日のような緊張感に襲われていた。

そう思ってしまうのは、あのときと同じように、王妃の首飾りが絡んでいるからだろう。

このままではいけない。

弱気は相手が付け入る隙になるから。

『ニャニャ！』

ガッちゃんが小さなレースを作り、ドレスに当ててくれる。久しぶりに蜘蛛細工をドレスに施してみるのはどうか、と提案しているようだった。

「そう、ですわね。今日はドレスを華やかにしてみましょう」

年若い娘が着ているような、華やかな装いに仕立ててみよう。

襟や裾にレースを施し、袖にはフリルを縫い込んでいった。

こうしてアレンジするだけで、落ち着いた意匠から愛らしい印象へと変わっていく。

『ニャ、ニャ？』

ガッちゃんが髪を下ろす？　と聞いてくる。

髪を結わずに下ろすのは、未婚女性である証《あかし》だ。

既婚者であれば、しっかり結い上げておかなければならない。

今日は急に呼び出された集まりである。みんなの関心はゴッドローブ殿下にあり、私のことなんて誰も気にしないだろう。

一度くらいはララ・ドーサではなく、グラシエラ・デ・メンドーサとして行っても許してくれるに違いない。

ヴルカーノでよくしていた、左右に垂れた髪をロープ編みにして纏めるハーフアップに仕上げた。

ガッちゃんが仕上げだとばかりに、レースのリボンを結んでくれた。

鏡を覗き込んだ私の姿は、年若い娘に見えた。とても子持ちの既婚者には見えないだろう。

「ガッちゃん、行きましょうか」

『ニャア！』

ガッちゃんは腰に結んだリボンにしがみついている。少し離れた場所から見たら、かわいいボンボンにしか見えないだろう。

出発時間となったのだが、侯爵夫人は現れない。

なんでも久しぶりの社交界なので、準備に手間取っているらしい。

先に行くようにという言付けを受けたので、ひとりで馬車に乗り込む。

てっきり侯爵夫人も一緒に行くものだと思っていたので、緊張感が増していった。

レイシェルも参加しているだろうか。

ただ、いたとしても、たくさんの人達が呼び寄せられた中で探し出すのは困難に違いない。

あっという間に馬車は王宮に辿《たど》り着《つ》く。

昼間の集まりということで、人々の装いは夜会ほど華美ではなかった。

私の恰好《かっこう》は悪目立ちしていないようで、内心ホッと胸をなで下ろす。

周囲を見渡してみたものの、レイシェルの姿なんて見つけられるわけがなかった。

人波に溺れるように前に進み、広間へと行き着く。

皆、盗まれた王妃の首飾りについて話しているようだった。

ゴッドローブ殿下はいったい誰を犯人に仕立てるというのか。

落ち着かない気持ちのまま、時間だけが過ぎていく。

入り口のほうを眺めていたものの、侯爵夫人がやってくる様子もなかった。

どうやらひとりで、ゴッドローブ殿下の報告を聞くことになるらしい。

それにしても、思っていた以上にたくさんの人達が集まっていた。

集まりについて知らせるカードを用意するだけでもかなり大変だ。まるで事前に事件が起こることを知っていたかのような、用意周到さである。

ここにいる誰もが、ゴッドローブ殿下が多くの悪事に手を染めていることなど、想像もしていないだろう。

胸に手を当て、何度ため息を吐いたか。

結局、レイシェルや侯爵夫人と合流できないまま、ゴッドローブ殿下が登場した。

喪に服しているような黒い装いで現れたので、ギョッとしてしまう。

いったいなぜ、あのような恰好でやってきたのか。

その理由について、ゴッドローブ殿下はすぐに口にした。

「我が最愛の騎士、リオン・フォン・マントイフェルが先ほど、天に召されました」

マントイフェル卿が亡くなった⁉

信じがたい情報が聞こえ、視界がぐらりと歪《ゆが》む。

その場に立っていられず、張り詰めた気持ちが抜け、膝から崩れ落ちてしまう。

「昨日、私は何者かに襲撃を受けたのですが、マントイフェル卿は勇敢にも、身を挺《てい》して私を守ってくれたのです。彼は英雄です‼」

ゴッドローブ殿下の声が脳内に反響するように聞こえる。

まるで夢の中にいるような、現実味がない話を耳にしていた。

ぼーっとして、意識が遠のいていく。

『ニャニャ、ニャ――!!』

しっかりして！　と言わんばかりのガッちゃんの叫びでハッとなる。

『ニャニャァ……』

「ああ――！」

これは夢なんかではない。紛《まご》うかたなき〝現実〟だ。

ショックを受け、気を失っている場合ではなかった。私はここで、事件についてゴッドローブ殿下側の主張を聞かなければならないのだから。

膝にぐっと力を入れて立ち上がる。

『ニャニャア？』

壁に寄りかかったらどうか、とガッちゃんが提案してくれた気がしたものの、しっかり自分の足で立ちたかった。

睨みつけるようにゴッドローブ殿下を見ると目が合う。

なぜ彼は私を見ていたのか。偶然だとしても、このように大勢の中で気にするような状況ではないだろう。

「マントイフェル卿は腹部を刺され、大量の血を失いました。痛みに耐えながら治療を行っていましたが……残念ながら帰らぬ人となりました」

ゴッドローブ殿下は侍従から受け取ったハンカチを眦に当てて、静かに涙を拭う。

もしかしたらこのパフォーマンスをするために、マントイフェル卿に止《とど》めを刺したのではないか。

そんな疑惑すら浮かんできてしまう。

絶対に許さない。彼の悪事は、衆目の前で暴くべきだろう。

ゴッドローブ殿下に怒りをぶつけるような視線を飛ばしていたら、今度は私をしっかり見て、一瞬だけにやりと笑ったように見えた。

やはり彼は私を意識している。いったいなぜ？

ガッちゃんの蜘蛛細工を使って、私の声をゴッドローブ殿下に届けてやろうか。

いったい何を考えているのか、と問い詰めたい。

なんて考えていたら、広間の扉が勢いよく開かれた。

やってきたのは国王だった。

「ゴッドローブ、リオンが死んだというのは本当なのか!?」

「ああ、陛下……。間違いありません。私のリオンは命を散らしてしまいました」

「なんてことを!!」

人々の耳目があるというのに、国王はその場に頽れ、涙を流しながら悲しみに暮れる。

「ああ、ああ、私は結局あの子に何も、何もしてあげられなかった!!」

「陛下、心中をお察しします。けれどもリオンはとても立派な騎士でした。こうして殉《じゅん》じてしまったことは、彼にとって誉《ほま》れだったでしょう」

いったいどの口が言うのか。長年、マントイフェル卿の命を脅かしていたのはゴッドローブ殿下だというのに。

「いったい、いったい誰がリオンをこのような目に遭わせたというのか……!!」

「陛下、ご安心ください。すでに犯人には目星が付いております」

ゴッドローブ殿下は両手を広げ、ここに集まった人達にも説明する。

「奇《く》しくも、犯人はこの王宮で起きた王妃殿下が所有する首飾りの盗難事件とも繋がっていたようです」

ザワザワとみんなの動揺するような声が聞こえていたものの、ゴッドローブ殿下がパチンと指を鳴らすと静かになった。

「王室と騎士隊を軽んじ、嘲笑《あざわら》うような犯行をする者を、絶対に野放しにはできない。そんな思いから調査を重ねた結果、ついに犯人を特定するに至ったのです」

「ゴッドローブ、それはいったい誰なんだ!?」

国王はゴッドローブ殿下に縋り、必死の形相で問いかける。

そんな国王に対し、ゴッドローブ殿下はほの暗い微笑みを向けていた。

「私どもを苦しめた諸悪の根源は――あちらにいるララ・ドーサ夫人です!!」

ゴッドローブ殿下が私をビシッと指差す。

みんなの視線が一気に集まった。

近くにいた者達は、まるで波が引いていくように遠ざかっていった。

私が事件の犯人!?　いったい何を言っているというのか。

「彼女はヴルカーノからやってきた貧乏貴族の妻で、素性を調べたところ、夫であるドーサ男爵は賭博で全財産を失い、さまざまな犯罪に手を染める極悪人でした」

その情報は間違いではない。否定しようがないものであった。

「その妻であるドーサ夫人も、盗難や詐欺などの罪をすべて夫に押しつけたという、ずる賢い女なのです!!」

もしかしたら本物のドーサ夫人は、そのような行為を働いていたかもしれない。

まさか、身分を偽るために使っていたドーサの名前が、私の立場を脅かすことになるなんて。

「この女は妖精を従えており、その力を振りかざして公妾カリーナに取り入ろうとしました。それだけでは飽き足らず、王妃殿下のもとにも通い、親しくなろうと画策したようです」

まさかガッちゃんのことまで利用して追及するなんて。

すべて嘘だ！　と主張したいのに、喉がカラカラになって言葉が出てこない。

「王妃殿下の侍女になることに成功したドーサ夫人は、寝所に置かれた金庫から首飾りを盗んだのでしょう！」

違う。私が侍女になったのは、首飾りの盗難事件よりもずっと後だ。

否定をしようにも、私を極悪人だとばかりに糾弾するような人々の視線が突き刺さる。

この状況は、時間が巻き戻る前の処刑の瞬間によく似ていた。

通常、悪意というものは目に見えないものだ。

けれども今、私の目の前で悪意の化身とも言えるゴッドローブ殿下が、不気味な笑みを浮かべていた。

「ドーサ夫人はファルケンハイ侯爵夫人にも取り入り、気に入られました。それだけでなく、リオンのことも誘惑し、思いどおりに利用しようとしていたのです」

浮かれた様子を見せるマントイフェル卿を心配し、ゴッドローブ殿下は私について調査を命じたという。

「侯爵邸に私の息がかかったメイドを派遣しました。彼女はドーサ夫人に酷い扱いを受けながらも、真実を持ち帰ったのです」

ゴッドローブ殿下に呼ばれて登場したメイドは、コテージで私やフロレンシの世話をしてくれた女性で間違いない。

まさか彼女がゴッドローブ殿下の手下だったなんて。まったく気付いていなかった。

「彼女はドーサ夫人が王妃殿下の首飾りを身に着け、高笑いしていたと報告してくれたのです。信じがたいような情報が次々と明らかになるので、本当に驚きました。ドーサ夫人はまさしく、〝ヴルカーノの悪女〟だったのです」

止めだとばかりに、ゴッドローブ殿下はありもしない私の悪事を暴露する。

「ドーサ夫人はヴルカーノにいる親族の男と共謀し、ビネンメーアの貴族達から騙《だま》し取った品々を転売していたようです。王妃殿下の首飾りは発見できなかったので、もしかしたらすでに売り払ったあとかもしれませんね」

親族の男というのは、叔父で間違いないだろう。ここで、ゴッドローブ殿下は叔父と繋がっていたのだ、という疑惑が確信に変わっていく。

すべての疑惑が、一点に集中してきた。

時間が巻き戻る前の不幸の根源は、ゴッドローブ殿下だったのだ。

ゴッドローブ殿下はまるで舞台俳優のように、流暢《りゅうちょう》に述べていた。

そんな彼を、怒りと呆れが混ざったような感情で私は睨みつける。

「彼女は王妃殿下の首飾りを手にするだけでは飽き足らず、事件について調査する私の命をも狙ってきたのです。つまり、昨日、私を暗殺しようと襲撃しに来た者は、彼女の差し金だったのです！

ドーサ夫人こそが、事件の真犯人でした!!」

ゴッドローブ殿下は従えていた騎士を振り返り、静かに命令する。

「我が騎士達、ドーサ夫人を捕らえてください」

ゴッドローブ殿下の近衛騎士が私のもとへ駆け寄ろうとした瞬間、よく通る声が響き渡った。

「――エンゲルベルト殿下及び、マリオン王女のおなりです!!」

我が耳を疑うような言葉が聞こえてきた。

視線を扉のほうへ向けると、エンゲルベルト殿下にエスコートされた、スノウホワイトのドレスに身を包んだ絶世の美女が登場する。

その姿を目にした瞬間、私は再度その場にぺたんと座り込んでしまった。

マリオン王女はどこからどう見ても、マントイフェル卿である。

彼は生きていたのだ。

もっとも驚いているのは、ゴッドローブ殿下だろう。

目を零れ落ちそうなほど、見開いていた。

「なっ――エンゲルベルト、いったいどうして!?」

「マリオンがどうしても、母上にお礼を言いたいようで、連れてきたのです」

「お、お礼？　いったい何の……？」

マリオン王女は胸元に輝く首飾りにそっと触れた。

「なっ、それは!?」

「誕生日に母上から首飾りを貰《もら》ったようで」

盗まれたはずの王妃の首飾りを、マリオン王女が身に着けていたのだ。

「母上はここにはいないのですか？」

「王妃殿下は危篤状態のファルケンハイ侯爵夫人のもとにいるはず――」

「侯爵夫人、そうなのですか？」

エンゲルベルト殿下が振り返った先にいたのは、侯爵夫人であった。

「どうだったでしょう？　年のせいか、最近忘れっぽくて」

ここで気付く。この茶番劇を行うために、侯爵夫人は私よりも遅れてやってきたのだろう。

マリオン王女は扇を広げ、エンゲルベルト殿下にボソボソと耳打ちしている。

口にしたことをエンゲルベルト殿下が本人に代わって、ゴッドローブ殿下へ問いかけた。

「叔父上、みんなを集めていったいどのような楽しい話をしていたのか、マリオンが気になるそうです。教えていただけますか？」

「いえ、それは、王妃の首飾りについて――」

続けて、マリオン王女はエンゲルベルト殿下に耳打ちする。

「ええ、ええ。とても気に入っているそうですよ。ずっと大切にしまっていたそうですが、みんなに見せたくなってしまい、今日、お披露目《ひろめ》にやってきたわけです」

再度、ザワザワと騒がしくなる。近衛騎士達が静かにするように言っても、聞く耳など持っていないようだ。

それも無理はないだろう。

盗まれたかと思っていた首飾りを持っていたのが、同じ王族であるマリオン王女だったのだから。

ゴッドローブ殿下もここで引くわけにはいかなかったのだろう。

自分の意見を押し通すようだ。

「エンゲルベルト、マリオンがしている首飾りは、王妃殿下の手元から盗まれた品だと、騒ぎになっていました。それをご存じではなかったのですか？」

ゴッドローブ殿下の問いかけに答えたのは、思いがけない人物であった。

「どうやらそれは、私の勘違いだったようだ」

凛《りん》とした、よく通る声の持ち主が登場する。

それは公妾を引き連れた王妃だった。

「ゴッドローブよ、あの首飾りは私が酔っているときに、マリオン王女に贈った品だった。間違いない」

「なっ――!?」

「酔いが醒《さ》めたのと同時に、彼女へあげた記憶をなくしていたようだ」

ゴッドローブ殿下は瞠目《どうもく》し、言葉を失っている。

突然、目の前に手が差しだされる。

優美なレースの手袋に包まれたそれは、近くで見たら大きくてゴツゴツした男性の手だった。

顔を上げると、マリオン王女が美しい微笑みを私に向けていた。

もう大丈夫、と言ってくれているようで、泣きそうになる。

その手を握り、私は立ち上がった。

マリオン王女は私を胸に引き寄せ、キッとゴッドローブ殿下を睨みつける。

その視線に気付いたゴッドローブ殿下は、取り繕うように話しかけた。

「マ、マリオン、ドーサ夫人は悪女です。触れてはいけません」

「悪女じゃないし、ドーサ夫人でもない。彼女の本当の名前は、グラシエラ・デ・メンドーサ。ヴルカーノの高位貴族だ」

マリオン王女が男性のような低い声で言葉を返すので、事情を知らない者達は驚いているようだ。

正体がバレてもいいのか。マリオン王女改め、マントイフェル卿を見上げる。

すると、大丈夫だとばかりに頷いていた。

「彼女はメンドーサ公爵家を乗っ取ろうと画策する叔父から逃れるために、命からがらビネンメーアへ助けを求めてやってきた女性だ。そうだよね、ガエル・デ・メンドーサ？」

ギャアギャアと騒ぐ聞き覚えのある声の主が、縄でぐるぐる巻きにされた状態で騎士に連れられてきた。

間違いなく、叔父のガエルだった。

叔父は私を見るなり叫んだ。

「グラシエラ!!　お前はなんてことをしてくれたんだ!!　メンドーサ公爵家の爵位と財産を凍結してくれたおかげで、私が継ぐはずだったものが継げなかったではないか!!」

マントイフェル卿がこっそり耳打ちする。

叔父は私とフロレンシを捜しながら、ビネンメーアの王都を彷徨っていたらしい。

まさか叔父がこんなに近くまで迫っていたとは……。

グラシエラとしてこの国へやってきていたら、すぐに見つかっていただろう。

「ゴッドローブ殿下はこの男と共謀し、グラシエラに罪をなすりつけ、悪事を働こうとしていた。そうだったよね、ガエル・デ・メンドーサ？」

「あ、ああ、そうだ！　ゴッドローブ殿下の言うことを聞けば、ヴルカーノへビネンメーア軍が侵攻し、侵略したあと、要職に就けてやる、と約束されていた！」

叔父の暴露に、ゴッドローブ殿下は明らかに狼狽《ろうばい》した様子を見せる。

「う、嘘を言わないでください‼　私がヴルカーノへ侵攻するなんて、考えるわけがないでしょう⁉」

「自分の息子であるエンゲルベルト殿下が即位したら、傀儡《かいらい》にしてやろうって、考えていたんでしょう？」

「――⁉」

王妃が隠していた最大の秘密を、マントイフェル卿は暴いて明るみに出した。

国王も知らなかったことである。

王妃は腹を括《くく》ったのか、静かに聞いていた。

一方、国王は驚愕の表情でゴッドローブ殿下へ問いかける。

「お、おい、ゴッドローブ、嘘だろう？　エンゲルベルトがお前の子だなんて」

差し伸べられた国王の手を、ゴッドローブ殿下は叩き落とした。

彼は人のいい仮面を投げ捨てたように思える。

「ええ。陛下、ご存じありませんでしたか？　エンゲルベルトは私と王妃の間に生まれた子です」

国王は糸が切れた操り人形のように、その場に力なく膝をつく。

自分の息子だと思っていたエンゲルベルト殿下が、弟の子だと知ったのだ。そうなってしまうのも無理はないだろう。

「ゴッドローブ、な、なぜそのようなことをしたのだ？」

「何もかも手にしていたあなたには理解できないかもしれませんが、何も持たない私が唯一、すべてを手にする手段だったのです」

ゴッドローブ殿下が何よりも手にしたかったもの。

それは玉座だった。

「公妾の子である私には、王位継承権が与えられませんでした。たとえ私が陛下を手にかけても、国王にはなれないのです」

たとえ簒奪《さんだつ》しても、臣下や国民は国王だと認めないとわかっていたようだ。

「ならば、あなたの大切な存在《もの》を奪おう。そう、考えていました」

国王がもっとも大切にしていたのは、王妃だった。

それに驚いたのは、王妃自身だった。

「おや、気付いていなかったのですか？　陛下はずっと、あなたに片想いしていたのですよ？」

大切にするあまり、心の距離を縮められず――長年、静かに想いを寄せるだけだった。

公妾の子に継承権を与えたのは、子どもができにくい体質の王妃を気遣ったものだったらしい。

公妾との間に子どもさえ生まれたら、王妃は安心すると思っていたのだろう。

余計な優しさだというのに、国王は気付いていなかったようだ。

「控え目な陛下は、強情なあなたとの付き合い方がわからなかったようです」

王妃と不貞関係になったゴッドローブ殿下は、気付いてしまった。

「権利が与えられないのであれば、自ら奪いにいけばよいのだと」

それからゴッドローブ殿下は善良な王弟の仮面を被《かぶ》りながら、裏で暗躍してきた。

エンゲルベルト殿下を即位させ、意のままに操り、ゆくゆくはヴルカーノにも侵攻しようと計画を立てていたらしい。

叔父と繋がっていたのは、野望を叶えるためだったようだ。

「その男をメンドーサ公爵に就けてヴルカーノ国内を掌握しようと考えていたのですが、まさか失敗していたとは……」

私がメンドーサ公爵家の爵位と財産を凍結してしまったので、ゴッドローブ殿下のヴルカーノでの計画は破綻状態にあったらしい。

「もう少しで上手くいきそうだったのに、あの女のせいで――！」

ゴッドローブ殿下は腰に佩《は》いていた剣を抜き、私に迫る。

けれどもその刃《やいば》は私に届かなかった。

マントイフェル卿が隠していたナイフを握り、ゴッドローブ殿下の剣を弾き飛ばしたのだ。

それだけでなく、ゴッドローブ殿下の利き手をナイフで貫通させていた。

「ぐはっ――!!　き、貴様!!」

王妃の声が響き渡る。

「その男を捕らえろ!!」

ゴッドローブ殿下は騎士に囲まれ、拘束される。

彼は恨み言を叫びながら、連行されていった。

続いて、叔父も騎士達に連れていかれる。

「なっ!? なぜこのように乱暴に扱う!? 話が違うぞ！」

騎士のひとりが叫んだ。

「ビネンメーア国内での詐欺行為及び、窃盗の罪で拘束する！」

どうやら叔父はビネンメーアでいろいろな悪事に手を染めていたらしい。一族の恥である。

「ララ――いいや、グラシエラ、大丈夫？」

心配するように私の顔を覗き込むマントイフェル卿だったが、顔色が悪い。

化粧をしていて尚《なお》、このように顔色が悪ければ、顔面蒼白《そうはく》状態だろう。

「わたくしよりも、あなたのほうが――」

言いかけた瞬間、マントイフェル卿が腹部を強く押さえているのに気付いた。

スノウホワイトのドレスが、真っ赤に染まっていた。

マントイフェル卿の体がぐらりと傾く。

「だ、誰か、お医者様を!!」

どうやら彼は、本当に命の危機の中にいたらしい。

てっきり危篤状態だというのは、ゴッドローブ殿下を欺《あざむ》くための嘘だと思っていた。

しかしながら、マントイフェル卿は襲撃のさい、本当に致命傷を負っていたようだ。

すぐに医務室に運び込まれ、治療を受ける。

寝台はカーテンが引かれ、マントイフェル卿の姿は見えなくなった。

治療に当たるのは以前、呪いを受けて倒れたマントイフェル卿のもとに駆けつけた隊医の先生だった。

「縫った傷口が完全に開いている。いったい何をしたらこうなるんだ？」

会場にいた衛生隊員が状況を説明する。

「マントイフェル卿は剣を握ったゴッドローブ殿下を相手に、ナイフ一本で応戦されました」

「なんだと？　淑女のように微笑むだけだと言うから、作戦を許可したというのに……」

私を守るために、マントイフェル卿はかなり無理をしたらしい。申し訳なくなってしまう。

マントイフェル卿の苦しむような声が聞こえた。痛みを抑えていた薬が切れたのだろう、という隊医の先生の冷静な声が聞こえた。

「す、すぐに鎮痛薬を」

「待て。今日はもう、鎮痛薬は使えない」

作戦を実行する前に、一日に使える最大の鎮痛薬を処方していたようだ。

「このまま傷口を縫う。マントイフェル卿の口に布を噛ませておけ」

「は、はい」

他の衛生隊員には、手足を押さえておくようにと命じていた。

これから壮絶な治療が始まるようだ。

私はここでしっかり見守っておかなければ。と思っていたが、ハッとなる。

ガッちゃんの蜘蛛細工で作った糸ならば、マントイフェル卿に痛みを与えずに治療ができるのではないか。

「ガッちゃん、お力を貸してくださいますか？」

『ニャ！』

もちろん、と言わんばかりに頷いてくれたので、隊医の先生に声をかけた。

「あの、先生！　少しよろしいでしょうか？」

「あとにしてくれ！」

怒鳴られてしまったが、ここで引くわけにはいかなかった。

「今、聞いていただきたいのです!!」

隊医の先生は苛立《いらだ》った様子でカーテンから顔を覗かせる。

「なんだね!?」

「魔法で傷口を縫うお手伝いをさせてくださいませ」

「何を言っているんだ!?」

「蜘蛛妖精《アラニャ》の魔法の糸で、痛みもなく、傷口を塞ぐことができます」

蜘蛛細工を使った治療を行うのは初めてである。

上手くいくかわからないが、大事なのは私の想像力と魔法、それからガッちゃんの存在だ。

成功したら、傷痕も残らないはず。

「わたくしを信じてくださいませ」

「そうは言っても――」

「よい、私が許可する！」

凛とした声が響き渡る。振り返った先にいたのは、王妃だった。

隊医の先生は驚いた表情を浮かべたあと、頭《こうべ》を垂れた。私もあとに続く。

「彼女の腕前はこの私が保証する。ゆえに、すぐに治療に当たらせよ」

「はっ！」

王妃の言葉の効果は絶大だった。

隊医の先生はカーテンを開け、私を中へと誘《いざな》う。

寝台の上には、苦痛に顔を歪めるマントイフェル卿の姿があった。

腹部のドレスが裂かれ、真っ赤な傷口が露《あら》わになっている。

目を逸《そ》らしたくなるほどの酷い状態だ。

すぐにでも塞がないと、大量の血を失ってしまうだろう。

「ガッちゃん、リオン様をお助けしましょう」

『ニャア!!』

集中し、綿から糸を紡ぐようなイメージで魔力を操る。

これからガッちゃんと共に作り出すのは、傷口を完全に塞ぐ魔法の糸。

縫うさいには痛みなどなく、失った血は糸を通して私の魔力で補えるようにしておいた。

浮かび上がった魔法陣に向かって、ガッちゃんが飛び込む。

すると、美しい銀色の糸が生まれた。

『ニャニャニャニャ――――!!』

指揮棒のように指先を揮《ふる》うと、マントイフェル卿の傷口が縫われていく。

糸がキュッと締まるのと同時に、傷は跡形もなくなった。

その様子を見ていた隊医の先生が、感嘆の声をあげる。

「驚いた、このような奇跡がありえるのか……!!」

マントイフェル卿の傷は完全になくなり、顔に血色が戻っていく。

どうやら成功したようだ。

マントイフェル卿の手を握ると、瞼《まぶた》がゆっくりと開いた。

「リオン様！」

「ララ……君が、僕を助けてくれたのか？」

「いいえ、わたくしだけではなく、ここにいる皆様が、リオン様の命を助けるために奔走してくださいました」

「そう……ありがとう」

ホッとしたのと同時に、視界がぐにゃりと歪んだ。

「あら？」

マントイフェル卿の無事がわかったので、気が抜けたのか。

全身の力が抜け、周囲の人達の声も遠くなる。

舞台の幕が下りるように、目の前が真っ暗になった。

◇　◇　◇

マントイフェル卿の傷口を縫うために使った蜘蛛細工は、大量の魔力を消費していたらしい。急激に魔力を失ったため、倒れてしまったようだ。

その後、私は三日も眠っていたようで、たくさんの人達に心配をかけてしまった。

中でも、フロレンシは泣いていたのではないか。

なんて思っていたが、フロレンシは毅然《きぜん》とした態度で、動揺する侯爵夫人をなだめていたらしい。

「本当に驚いたわ。レンったら、〝お母さんは大丈夫です。命に関わるような無理はされないでしょうから〟って言うんだもの」

三日間、フロレンシは誰が何を言っても私の傍を離れなかったようだ。

彼が大丈夫だと言っていたのは、自分に言い聞かせるような言葉だったのだろう。

「リオンも見舞いに訪れたかったみたいだけれど、隊医の先生に止められたらしいわ」

マントイフェル卿からは、私の容態を心配するような手紙が届いていたらしい。

「あなたが眠っている間に、さまざまなことが起きたみたい」

まず、イルマの事件について調べ直すことになったという。

ゴッドローブ殿下から聞き出した供述をもとに、侯爵家にも立ち入り調査が行われたようだ。

なんでもイルマは毒殺されたあと、湖に重りを付けた状態で遺棄された。

湖の底に沈ませておくつもりだったようだが、現場を去ったあと、重りが外れてしまったらしい。

そのため、翌日に遺体が発見されることとなった。

「ララ、あなたがイルマの死に疑問を抱かなかったら、私はあの子の無念に気付いてあげられなかったわ」

震えていた侯爵夫人の手を握った瞬間、一筋の涙を零す。

「これからは、私の心の中にいるイルマと共に生きていくわ」

「はい」

侯爵夫人の頭のてっぺんから足の爪先まで、悲しみに染まっているように見えた。けれども今は、彼女の分まで生きようと、瞳に希望が滲《にじ》んでいるように思えた。

もう、侯爵夫人は大丈夫なのだろう。

私はこれからどうしようか。

脅威だった叔父は拘束され、ヴルカーノに引き渡されたらしい。

国家間の犯罪は重罪だ。おそらく、二度と牢屋《ろうや》から出てこられないだろう。

叔母ロミーナや従妹《いとこ》のソニアも修道院に入ったようだ。

そのため、ヴルカーノに戻っても、彼らに脅される心配はないというわけだ。

私とフロレンシが不法入国者であった問題については、不問とされた。

なんでも私が知らないところで、レイシェルが難民申請をしており、正式な書類は国家間で交わされていたらしい。

私が思い詰めていた上に、相当な覚悟を持ってビネンメーアへやってきていたので、ずっと言えなかったそうだ。

レイシェルに深く感謝したのは言うまでもない。

もうビネンメーアで名前や身分を偽る必要はないようだ。

ヴルカーノに帰って、フロレンシとささやかな暮らしをすることだってできる。

けれども、私とフロレンシに優しくしてくれた人達との別れを考えると、胸が引き裂かれるような想いとなった。

考えるのをやめよう。今はしっかり休んで元気にならなければならない。

そう、自分自身に言い聞かせたのだった。

◇◇◇

すっかり元気を取り戻した私が最初にしたのは、侯爵夫人にこれまでのことについて告白することだった。

話を聞いた侯爵夫人からは「早く言ってほしかったわ」と苦言を呈される。

事情を把握していたレイシェルも一緒に謝ってくれたからか、そこまで怒られなかった。

続いてフロレンシにも、きちんと説明をした。

驚いた表情で話を聞いていたものの、最終的には理解し、深く頷いていた。

唯一、レンという名前との別れを惜しんでいたようだが、これからは愛称としてそう呼ぼうと提案すると喜んでいた。


さまざまな問題が解決したあと、私は久しぶりにマントイフェル卿と会うことになる。

ゴッドローブ殿下が拘束された日以来の再会なので、妙に緊張していた。

ここ数日、悩んでいたのだが、結局、ヴルカーノに帰ることに決めた。

もう叔父一家は私達を害することはないだろうし、フロレンシも生まれ育った屋敷で暮らすほうがいいだろうから。

フロレンシにも聞いてみたのだが、「グラシエラお姉様が一緒ならば、どこでもいいです」と言ってくれたのだ。

マントイフェル卿への恋心は、思い出として胸に秘めておこう。

彼の新しい人生の旅立ちに、私が必要だとは思えないから。

未練なんて残さずに、スッキリ別れる予定であった。

最後に彼をコテージに招待したのだが、マントイフェル卿が訪れる前に、フロレンシは「侯爵邸で勉強してきます！」と言って家庭教師と共に出かけてしまう。

みんなでのんびりお茶を飲む予定だったのだが……。

ふたりきりで会うことは想定していなかったので、余計にドキドキしてしまった。

約束の時間になると、マントイフェル卿が訪ねてきた。

「やあ、ララ」

「リオン様……」

どう話しかけようか、などと考えている間に、彼はこちらに向かって駆けてくる。

そのままの勢いで、抱きついてきたのだ。

「ララ、ごめん！　それからありがとう！」

「な、なんのお礼ですか？」

「いろいろあるけれど、一番は僕が負傷した日の晩、好きだって言ってくれたことかな」

「あ――――！」

今になって思い出す。

あの日の晩、マントイフェル卿の意識がないと聞いていたこともあり、思いの丈を口にしてしまったのだ。

私の告白は、ガッちゃんがマントイフェル卿へ繋げた魔法の糸を通して、本人にしっかり伝わっていたようだ。

まさか、意識があったなんて……。

「あのとき、翌日の作戦を実行するか悩んでいたんだ。隊医の先生が、このまま安静にしていなかったら死ぬかもなんて言うものだから」

けれども私の告白を聞き、作戦の実行を決意したという。

「一日でも早く問題を解決して、ララと幸せになりたかったんだ」

その言葉を聞いた途端、眦から涙が溢れてしまう。

ヴルカーノに戻ろうと決意したあとに、どうしてそんなことを言ってくるのか。

「ララ、どうして泣いているの？」

「わ、わかりません」

冷静に考えたらわかるはずなのに、頭の中がぐちゃぐちゃで混乱状態になっているのだろう。

「ああ、そうだ。きちんと気持ちを伝えていなかったね」

マントイフェル卿は私から離れ、まっすぐ見つめてきた。

「ララ……いいや、グラシエラ。僕は君のことが好きなんだ。叶うのであれば、これからもずっと一緒にいたい。君だけでなく、フロレンシも一緒に幸せになろう」

それは私が心の奥底で願っていた未来であった。

マントイフェル卿は私に手を差し伸べてくる。その手を握ることなど、私に許されるのか。

「グラシエラ、お願い。君が傍にいないと、僕は不幸になってしまうから」

「ど、どうしてそんなふうに言うのですか？」

「同情を誘おうと思って」

正直な物言いに、涙が引っ込んでしまった。

脱力し、笑うしかなくなる。

「ララ、僕を選んでよ。さっきみたいに、君の笑顔を引き出せるよう、一生努力するから」

彼の想いに応える前に、気になることがあった。それは、フロレンシについてである。

「わ、わたくし、レンにヴルカーノに戻って、ふたりで一緒に暮らしましょうって、言ってしまいました」

「なんだって!?　ララってば、僕を置いて逃げようと思っていたの!?」

「逃げようというのは語弊があるような気がしますが……その、はい」

「信じられない！　僕をその気にさせといて、そんなことを考えていたなんて！」

それがマントイフェル卿のためだ、というのは私の思い過ごしだったらしい。

「わかった！　もしもレンがヴルカーノで暮らしたいって言ったら、僕も一緒に行くから！」

「そ、そんな！　せっかく、問題が何もかも解決したのに」

「いいんだ。地位も財産も、名誉だっていらない。僕の人生に必要なのは、ララとレンだけなんだ」

それは愛している、と言われるよりも嬉しい言葉であった。

「だからさ、僕と一緒にいてほしい」

「わたくしで、よろしいのですか？」

「君しかいないんだ」

その言葉が勇気となる。

一歩踏み出し、彼の手を取った。すると、手をぎゅっと握られ、そのまま引かれる。

マントイフェル卿の胸の中にすっぽり収まってしまった。

「ああ、やっとララに触れられる」

「あの、リオン様はけっこう頻繁に触れていませんでしたか？」

「あれでも自制していたんだよ。君は自分は既婚者なんだーって主張していたから」

その物言いを聞いて、ハッと我に返る。

マントイフェル卿の胸を押して距離を取って問いかけた。

「あの、リオン様はいつ頃から、わたくしがララ・ドーサではないとお気付きだったのですか？」

「あー―、難しい質問だね。まず、出会ったその日に、ララ・ドーサというヴルカーノの貴族についての調査を依頼したんだよね」

レイシェルの紹介とはいえ、侯爵夫人に近づき、頑《かたく》なな態度で仕えたいと主張する私の存在は、マントイフェル卿の目には怪しく映っていたらしい。

「すぐに、ドーサ夫人とその夫についての報告書が届いた」

ふたりとも犯罪に手を染めており、騎士隊が行方を追っているという情報だった。

けれどもドーサ夫人の特徴と私が一致しなかったので、疑問に思ったらしい。

その時点で、よく私が犯罪者だと糾弾しなかったものだと感心してしまう。

「なぜ、わたくしを騎士隊に突き出さなかったのですか？」

「いやー、ララについては何か事情があるんだろうな、って考えていたんだ。これでも人を見る目はあるからね」

念のため、私に監視をつけていたらしい。それが、我が家に出入りしていたメイドだった。

ゴッドローブ殿下は彼女を自分の配下だと思っていたようだが、実際はマントイフェル卿の手の者だったようだ。マントイフェル卿にとってさほど重要でない情報だけ、ゴッドローブ殿下に流していたというわけである。

もちろん、そんな事情について知らされていなかった私は肝を冷やしたのだが……。

なんでも私に話していたら、ゴッドローブ殿下が作戦に気付くかもしれないと危惧し、黙っていたようだ。正直なところ、演技は得意ではないので、話してほしかったとは思わない。

「それにしても、いつからわたくしの正体についてご存じだったのですか？」

「ララがメンドーサ公爵家のグラシエラ嬢だって知ったのは、ゴッドローブとヴルカーノに外交に行ったときだったんだよ」

ビネンメーアからヴルカーノの探偵に調査を依頼しても、〝ララとレンという名の親子〟は見つからなかったらしい。

「どうしても君達について知りたかったから、似顔絵を描いて話を聞き回るっていう、初歩的な方法で探ったんだ」

マントイフェル卿は絵の才能があるらしく、記憶を頼りに描いた私やフロレンシの絵を使い調査したようだ。

「富裕層が出入りする集まりや商人を当たってみたけれど、みんな知らないって口を揃《そろ》えて言うものだから、迷宮入りするかと思っていたよ」

最後の最後に、上流階級の貴族が出入りするサロンに立ち寄ったらしい。そこで、私を知る貴婦人がいて、「彼女はメンドーサ公爵家のグラシエラ嬢ではなくって？」と教えてくれたそうだ。

「ドーサという下級貴族の名前に引っ張られて、君が上流階級の生まれだって考えに至ってなかったんだ。普段の君の振る舞いを見ていたら、すぐわかるはずなのに」

異国の地で必死に調査するあまり、自分で調査範囲を狭めていたようだ。

「そのあと、君の叔父についての噂を耳にして、さらに詳しく調べたんだ」

マントイフェル卿は叔父がメンドーサ公爵家の財産を狙い、私を捜し回っているという話を聞いたらしい。

「そこでようやく、ララが身分や名前を偽ってまで、ビネンメーアにやってきた理由がわかったんだよ。これまで大変だっただろう？」

「大変ではなかった、とは言えませんが、ビネンメーアの人達は皆親切で、思っていたほどの苦労はありませんでした」

「そうだとしても弟を息子として育てるために、国を渡った君の決断力と勇気は、相当なものだよ」

マントイフェル卿に褒められ、なんともくすぐったいような気持ちになる。

「君について調査したおかげで、ゴッドローブについての情報も得ることができたんだ」

叔父と繋がっていたゴッドローブ殿下は、さまざまな悪事に手を染めていた。

「それを知ったとき、ああ、やっぱり……って落胆してね」

「ご存じだったのですか？」

「なんとなくだけれど」

マントイフェル卿は亡くなった母親から「あなたに対し無条件に甘い顔を見せ、重宝する者が現れたら、絶対に信用するな」と言われていたらしい。

「その人物はもれなく、僕を利用する者だからってね」

口ではゴッドローブ殿下を信用する振りをして、心の中では常に疑っていたようだ。

「逆に、僕を不審がって遠ざける者はなるべく信用するように、って言われていたんだ。だから、王妃は僕を殺そうとしている犯人じゃないって確信していたよ」

王妃については口では疑う素振りを見せ、心の中では信用できるだろうと確信していたという。

「ララも僕に対して、不審者を見るような目をしていたね」

「その節は大変な失礼を働きました」

「いやいや、なんだか嬉しかったよ。ほら、僕って顔がいいから、女性から無条件に心を許してもらってばかりだったし。ララの在り方は、世界中の女性にこうあってほしい姿だった」

マントイフェル卿は私の手を優しく握って微笑みかける。

「グラシエラ、君に会えて本当によかった」

マントイフェル卿の言葉に、再度泣きそうになりながらも頷いたのだった。

これからどうするのか。マントイフェル卿は迷っているらしい。

「リオン・フォン・マントイフェルが死んだって話は撤回できるし、マリオンとして生きてもいい。陛下はそうおっしゃってくれたけれど……」

マリオンはビネンメーアでは男女どちらにも付けられる名前だ。マリオン王女は実は男性で王子だった、と公表してもいいと国王は言っているらしい。

「それにしても、母上はマリオンだなんて、酷い名前を付けるよね」

マリオンという名前には〝苦しみの海〟という意味があるようだ。

ビネンメーアは海の国と呼ばれているので、マリオン王女として、もがき苦しみながらも人生という名の大海を泳ぎ続けてほしい――そんな意味があるのだろう、とマントイフェル卿は語る。

「あの、リオン様。マリオンという名はヴルカーノで伝わっているものだと、他にも意味があるのはご存じですか？」

「え、知らない」

「マリオンという名前には、〝望んだ子〟、〝反乱〟、〝海の女王〟という意味があるんです」

おそらくこちらの意味も、マントイフェル卿のお母様が考えたマリオンという名前に含まれているに違いない。

「性別を偽ったまま女王として即位することも、反乱を起こして国王になることもできるって言いたかったの？」

「ええ。想像に過ぎませんが」

「あまりにも直球すぎるよ……」

「それらを欲していなくても、リオン様にはさまざまな可能性があって、望めばなんでも手にできるような子に育ってほしい、という願いが込められていると思います」

「そっか……。そうだったんだ」

マントイフェル卿の中でマリオンという名前について、受け入れることができたようだ。

「ララ、決めたよ。僕はこれから、マリオンとして生きることにする」

マントイフェル卿改め、マリオン殿下は吹っ切れたような表情で宣言する。

そんな彼を支えられるような存在になれたらいいなと思った。


マリオン殿下と共に、庭を歩く。自分でも信じられないくらい、穏やかな気持ちだった。

この国へやってきてからというもの、心がゆったり落ち着く暇がなかったように思える。

やっと、ひと息吐けるのだ。

「ララ、見せたいものって何？」

「こちらです」

マリオン殿下に見せたかったもの。それは美しく開花したクリスタル・スノードロップだ。

「以前いただいたお花をお見せしたくって」

ふたりで花壇にしゃがみ込み、クリスタル・スノードロップを覗き込む。

「きれいだ」

「ええ」

マリオン殿下がクリスタル・スノードロップに触れると、キラキラ輝く。

「まあ！　これは夜にしか光らないものだとばかり思っていました」

「魔力を付与すると、こんなふうに光るんだよ」

夜は月光から魔力が地上に降り注いでいるので、クリスタル・スノードロップは光るようだ。

「ララ、君のことも、このクリスタル・スノードロップみたいに、キラキラ輝かせるように頑張るから」

「わたくしも同じように、リオン様を輝かせることができるよう、努めますわ」

スノードロップの花言葉である〝希望〟を胸に、これからマリオン殿下と人生を共に歩こうと思ったのだった。

◇◇◇

ヴルカーノに帰ると決意を固めていたが、結局ビネンメーアに残ることに決めた。

フロレンシが「グラシエラお姉様を大切に想う人達がたくさんいる、ビネンメーアで暮らしたいです」と強く望んだからだ。

メンドーサ公爵家については引き続き、爵位と財産は凍結状態を維持してもらう。

将来どうするかは、大きくなったフロレンシに任せるつもりだった。

今度こそ、住処《すみか》を探そう。

そう考えていた私のもとに、マリオン殿下が訪れる。

彼は私に、初対面のときに口にしたような言葉を言ってきた。

「ララ、これからは僕の家に住めばいいよ」

あまりにも直球な物言いのため、思わず笑ってしまう。

もちろん、私だけでなくフロレンシも一緒に住んでもいいらしい。侯爵夫人の部屋も用意しているという。

私が断る理由を、片っ端から潰していたようだ。

今度は肩肘張らずに、素直になろう。

ただ、彼の提案をそのまま受け入れるわけではなかった。

「ひとつ、お願いがあるのですが」

「何？　なんでも聞く！」

「内容を聞く前に承諾するのはいかがかと思いますが……」

話に耳を傾ける彼に、私は物申す。

「わたくしとリオン様の名義で、新しい家を買いませんか？」

「君と僕の新しい家？」

「はい」

せっかくこの国で居場所を見つけたのに、今さら誰かに依存するような立場になるのはどうかと思ったのだ。

「誰のものでもない、私達の家が欲しいんです」

どうかと思って、マリオン殿下をちらりと見る。

すると、彼は瞳をキラキラ輝かせながら頷いた。

「すごくいいと思う。ララ、レンと一緒に、僕達だけの家を探そう！」

マリオン殿下に向かって、私は頭を下げた。

「ふつつか者ですが、よろしくお願いします」

そんな言葉を返すと、マリオン殿下は安堵したように微笑んだのだった。

それから私は、フロレンシやマリオン殿下と一緒に新しい家を探した。

みんなで話し合い、中古の物件を見て回る。

侯爵夫人は新築にすればいいのに、と言っていたが、私の稼ぎでは難しい。

それをマリオン殿下は理解し、同意してくれたのだ。

最終的に選んだのは、侯爵家のコテージに雰囲気が似ている平屋建ての一軒家。

築百年近くと歴史が刻まれた家だが、大切に管理されていたようで、どこも悪くなっていない。

とても素敵な家だった。

今日からここが、私達のお城である。

苦労の末に手に入れた、宝物のような家だった。

◇◇◇

その後、私は侯爵夫人と共に、立場が弱く生活に困っている人達に向けた支援団体を作った。そこで目を酷使しないレース編みをガッちゃんと一緒に教えている。

皆、ガッちゃんをかわいがってくれるという、幸せでしかない空間だった。

これから先、時間が巻き戻る前の私みたいに不幸な目に遭う人が、いなくなればいいいな、と思う毎日である。

ひとつ疑問だったのは、なぜ時間が巻き戻ってしまったのか、という点であった。

マリオン殿下に打ち明けてみたところ、彼はあっさり信じ込んで教えてくれた。

なんでもビネンメーアには、運命の女神についての伝承が残っているらしい。

この世界には、人々の運命を司《つかさど》る女神がいるようだ。

糸車を使って糸を紡ぐように、運命を導いていく。

その手伝いをする蜘蛛の妖精がいるらしい。

妖精は心優しく、不幸な人間がいたら、運命の女神の目を盗み、糸車を逆回転させ、時間を巻き戻すことがあるようだ。

もしかしたらガッちゃんが運命の女神のもとに行って、私の人生をやり直させてくれたのかもしれない。

ただ、ガッちゃんに聞いても、『ニャア?』とかわいらしく首を傾げるばかりであった。

真相はガッちゃんのみが知りうることなのだろう。

◇　◇　◇

季節はあっという間に過ぎ去り、庭の木々が美しく紅葉する秋を迎えた。

フロレンシはビネンメーアの王立学校に入学し、楽しそうに毎日登校している。

お友達もたくさんできたようで、放課後、遊びに行く日も増えていった。

剣の稽古も続けており、将来は騎士になりたい、という夢まで語るようになっていた。

レオナルド殿下との友情も続いているようで、男と知って驚いていたようだが、ふたりの仲は変わらないままだという。

フロレンシは毎日が楽しくてたまらないようで、夜になると早く朝にならないか、などと言うほどであった。

もしかしたら、私達はヴルカーノには戻らないかもしれない。

それでもいい。フロレンシが幸せならば。

今ではそんなふうに考えるようになっていた。


新たな王族として、みんなの前に現れたマリオン殿下は、罪人として拘束されたゴッドローブの代わりに公務に就き、忙しい毎日を送っている。

もともと近衛部隊の隊長として在ったからか、皆、さほど違和感もなく受け入れてくれているらしい。

ただ、あまりにも多忙を極めるため、職務を放棄したい、などとぼやくようになった。

本当に辞めたいのであれば、無職になっても構わない。

その代わり、私が働きに出て、忙しくなるだろうと告げると、それだけは嫌だ！　と言って仕事にしぶしぶ向かう。

このように、どうやって彼にやる気を出してもらおうか、作戦を立てる毎日であった。

そんな話を侯爵夫人にしたら「ララってば、すっかりあの子の扱いが上手くなったわね」と褒められてしまった。


マリオン殿下は今日も今日とて、仕事をしたくないと言いながら出勤していく。

今日は彼の好物である甘いタルトを焼いておくから、と言って送り出した。

一刻も早くタルトを食べたいと言って出勤していった彼の帰宅を、今は待つばかりである。

マリオン殿下の帰宅は、毎日ガッちゃんが教えてくれた。

玄関で彼を待ち、出迎える。

「ララ、ただいま！」

「おかえりなさいませ、リオン様」

そんな毎日は、私が望んでいた、ささやかな幸せだった。

番外編　リオン・フォン・マントイフェルの人生について

マリオンという名を授けられてすくすく育ち、早くも二十六年経《た》った。

思っていたよりも長生きできた人生だと自分でも思っている。

自分の人生はどこに着地するのか、まったく想像できないでいた。

どうせろくでもない死に方をする最期なのだろう——なんて考えていた。

マリオン王女として在ったときは、女装して過ごす苦痛を感じるばかりで、母ともケンカばかりしていた。

母が死んで、リオン・フォン・マントイフェルという騎士として生きるようになってから、マリオン王女という仮の姿に守られていた事実に気付く。

母という後ろ盾を失い、マリオン王女として在るのをやめてからというもの、命を狙われるようになった。

理由は聞かずともわかる。

国王の血を引く男系男子は、これまで王太子エンゲルベルトしか存在しなかった。

そこに突然王子が現れたものだから、脅威を感じたに違いない。

怪しいと感じる人はいたが、糾弾したとしても信じてもらえないだろう。

相手のほうが何枚も上手で、絶対的な権力を握っているから。

ここから逃げ出して自由に暮らしたい、なんて考えたことはなかった。

王宮で育てられた者は、言うなれば鳥かごの中のか弱い鳥のような存在だ。

もしも鳥かごから飛び出すことに成功したとしても、風切羽《かざきりば》を切られているような状態なので、ヘビやどぶネズミに捕まって食べられてしまう。同じように、王宮から抜け出しても、外での生き方を知らない僕は、悪い人に見つかって利用されるのがオチだろう。

あがけばあがくだけ無駄なのだ。

できることと言えば、食事に仕込まれた毒で死なないように気を付け、殺されないように警戒するばかりだった。つまり、リオン・フォン・マントイフェルとしての人生は、現状維持が最大の幸福だと思っていた。

孫娘イルマを亡くした侯爵夫人のもとへ足繁く通っていたのは、母が受けた恩を返したかったから。母は長年、侯爵夫人を侍女として傍《そば》に置き、唯一心を許していた存在だったらしい。

自分自身も彼女におしめを替えてもらったり、夜泣きの世話をしてもらったり、と大変世話になっていたようだ。

自分が物心ついた頃にはすでに侍女を引退していたものの、以降は母のお茶飲み友達として付き合いが続いていたようだ。

母の遺書には、侯爵夫人の新しい友達になってほしい、とあった。

仕方がないと思って通っていたのだが、その魂胆を見抜かれていたのだろう。

侯爵夫人の態度は冷ややかだった。

正直、仲良くなれるのか不安だったが、最終的に侯爵夫人が折れてくれたのだ。

侯爵家に通ううちに、イルマを紹介される。

彼女はとても明るく、朗らかで、たくさんの人達から好かれるような娘《こ》だった。

イルマのように振る舞えば、人付き合いが円滑になることを学んだ。

途中、侯爵夫人から「イルマに甘い顔を見せないでくれる？」と苦言を呈される。

なんでもイルマから好意を抱かれていたらしい。「あなたが優しくするから、イルマが好きになってしまったじゃない」、なんて言われる。

そんなつもりはまったくなかったのだが……。

イルマはエンゲルベルトに嫁がせるために花嫁修業に励んでいたのだ。それがまさか、責任を取ってほしいと詰め寄られることになるなんて。

もちろん、丁重に断った。彼女のことは妹のようにかわいいと思っていたけれど、結婚する相手として見たことは一度もない。

もしも結婚したとしたら、彼女まで暗殺の対象にされてしまうだろう。

それだけは絶対に避けたい。

何度も断っていたのに、イルマは母親や侯爵、侯爵夫人への説得を諦めなかったようだ。

最終的に、イルマが諦めるまで仮の婚約者でいてくれと侯爵夫人に頼まれる。

ここ一年ほど、イルマは持病が悪化していて、長くは生きられないだろうと話していた。

束の間《つかのま》の夢に付き合ってあげてほしい。そんなふうに言われてしまうと、断れなくなる。

それからイルマと共に、婚約期間を過ごすこととなった。

仮の婚約だと知らないイルマはとても幸せそうで、そんな彼女と接するたびに心がじくじくと痛んだ。彼女に同情し、こんなことを安請け合いしなければよかった、と後悔したのは一度や二度ではない。

結婚の準備が終盤に差しかかり、これ以上進めることはできない状況になるのは想像していたよりも早かった。

誰もイルマに真実を教えるつもりはないようで、これ以上、婚約者の振りを続けるのも辛《つら》くなる。

ならば、婚約者ごっこは終わりだと僕が直接イルマに伝えるしかないのだろう。

それを実行したのは彼女が告白したタイミングだったからか、空気は最悪だった。

後日、謝罪の手紙を送ろう。ほとぼりが冷めたら、彼女が好きな花でも送るよう手配しておけばいい。きっと彼女は泣きそうになりながらも、許してくれるだろう。

なんて考えていたのに、イルマは死んでしまった。

彼女は湖のほとりで足を滑らせて、そのまま帰らぬ人となる。

騎士隊の調査では事故だとされていたが、イルマは身投げをしたのだろう。

申し訳なくて、侯爵夫人に合わせる顔なんてなかった。

けれども彼女を励ますよう侯爵から直接頼まれたので、結局侯爵夫人のもとへ再度通い始める。

イルマを亡くした侯爵夫人は失意の中で生きていた。

呼吸をし、食べ物を口にしているのに瞳に光はなく、抜け殻みたいだった。

その状態は、イルマを亡くして三年経っても続く。

侯爵夫人はこのまま寿命が尽きるまで、死んでいるように生きるのだろうと思っていた。

気の毒だと思いつつも、このような事態を招いたのは婚約者役をしてほしいと頼んできた侯爵家側の責任でもある。

君は悪くない、なんて言ってくれる友人や恋人を作れるわけもなく、何もかも嫌気が差し、逃げだしたくもなった。

けれども関係を続けていたのは、母が唯一残した遺言を守るためだったのだろう。

侯爵夫人とは一言、二言、短い会話を交わして別れる。

実りのない、不毛なお茶会を繰り返していた。

そんな侯爵夫人との時間が嫌にならなかったのは、彼女が自分によく似ていると感じていたからだろう。

死を強く意識し、絶望の中で生きる者達の、生を静かに確認し合うようなひとときだったのだ。

侯爵夫人との不毛なお茶会はこの先も続くと思っていた。

〝ララ〟が現れるまでは。

彼女との出会いは衝撃的だったと言える。

金色の美しい髪に青い瞳を持つ、気品ある美しい女性《ひと》だった。

しかし彼女ほどの美貌の持ち主は、王宮に大勢出入りしている。

それよりも印象的だったのは、ララの〝瞳〟の力強さだった。

侯爵夫人の孫娘レイシェルの紹介を受け、夫の暴力から逃れるように異国からやってきたという彼女は、とても強《したた》かで、子育て中の母熊のような剣呑《けんのん》な空気を纏《まと》っていた。

睨《にら》まれている、と言ってもいいほどの警戒っぷりだったのだ。

ララのように強い眼差《まなざ》しを向ける若い女性は見たことがなかった。

いったいどんな人生を送っていたら、年若い女性が他人に対してあのような厳しい目を向けるのか。その理由はすぐに明らかになる。

ララには子どもがいた。その子——レンを守るために、彼女は強くなければならなかったのだ。

彼女の生き方には酷《ひど》く感銘を受けた。

その振る舞いから、裕福な家庭で育ったのだと推測できる。かごの中の鳥だったと言っても過言ではない。

それなのに、後ろ盾を持たないララは幼い息子を連れて、ビネンメーアにやってきたのだ。

知らない環境で生きるというのは恐ろしい。僕自身、命が脅威に晒《さら》されていながら、王宮の外へ逃げだそうとは考えなかったから。

ララ・ドーサという女性はとてつもなく勇敢で、心優しく、生命力に満《み》ち溢《あふ》れていた。

自分にはないものをすべて持ち合わせて生きる彼女は、とてつもなく眩《まぶ》しかった。

ある日、彼女がレンに向ける慈愛に満ちた微笑《ほほえ》みを見た瞬間——周囲は冷たい風が吹いていて寒いのに、春が訪れたような温《ぬく》もりを感じてしまう。

こんなふうに、心が震えたのは生まれて初めてだった。

いつかあの笑顔が自分に向けられたらどんなに幸せだろうか、と強く望んでしまうようになる。

それが〝恋〟だと気付いたのは、少しあとの話だった。

それからというもの、僕はララに向けてささやかなアプローチを始めた。

けれども無敵の要塞のように、ララは決して陥落しなかった。

彼女には自分よりも大事にしているレンがいる。

他人が入る余地なんてないだろう。

わかっていたから、少しゲームを楽しむような気持ちで好意を示していた。

それがよくなかったのだろう。

僕を見るララの目はいつだって冷ややかだった。

そんな彼女の態度が軟化していったのは、いつ頃からだったか。

よくわからないけれど、ララが心を許しつつあったのには気付いていた。

嬉《うれ》しいはずなのに、ララに優しくされればされるほど、不安になる。

僕と一緒にいるせいで、ララに何かあったらと考えたら、胸が引き裂かれそうになった。

彼女へ近付くことに躊躇《ちゅうちょ》していたら、侯爵夫人から呼び出しを受けた。なんでもララに対する僕の好意に気付いていたらしく、何を遠慮しているのか、と怒られてしまった。

侯爵夫人はすべてを知っている。

僕がマリオン王女として生きていたことも、今現在、命を狙われていることも。

もしも僕がララに心を許したら、彼女の存在が弱点になってしまうのではないか。それに、ララまでも命を狙われてしまったら、レンに対してどう償えばいいのかわからない。

そんな弱音を吐いていたら、侯爵夫人からララの生き方から何も学んでいないと怒られる。

ララはレンを守るために強くなった。

同じように、僕自身もララを守るために強くなればいいだけなのだと。

その言葉は、心に響いた。

どうしてそんな単純なことに気付けなかったのか。

侯爵夫人に感謝し、これからは遠慮なくララを口説こう。

その前に、僕自身が抱える問題についてどうにかしたかった。

ララやレンの素性も詳しく知りたい。

そう考えていた折に、ヴルカーノへ外交に行くので、護衛として同行するようゴッドローブより命令される。

以前より、ヴルカーノへ足を運びたいと思っていたのだ。

現地に行けば、詳しく情報を探ることも可能なはずだ。それに仕事のついでだったら、調査も怪しまれずに済むだろう。

ヴルカーノの地で、ララの正体について知る。

彼女はメンドーサ公爵家で生まれた、生粋のお嬢様だった。

本名はララではなく、〝優雅な美しさ〟という意味を持つグラシエラ。

彼女にぴったりの名前だった。

おそらくドーサ夫人の名は買い取ったもののようだ。

さらにレンも彼女の息子ではなく、フロレンシという名の年が離れた弟ということが明らかになった。

なんでも彼女達の叔父が公爵家の地位と財産を狙っていたようで、魔の手から逃げるために名前と身分を偽ってビネンメーアへやってきたらしい。

そんな調査の中で、思いがけない情報を入手する。

彼女達の叔父は悪事に手を染めており、それだけではなく、叔父ゴッドローブとも繋《つな》がりがあった。そこからどんどんゴッドローブの悪行を知るに至り――僕の命を脅かしていた者の正体に気付いてしまった。

王妃の首飾りが盗まれる事件もあったが、その犯人もきっとゴッドローブなのだろう。

悪事のすべてを暴いてやる。

そう思って行動していたのに、思いがけない事件に巻き込まれる。

王宮に紛れ込んだ間者が、突然襲いかかってきたのだ。

狙ったのはゴッドローブではなく、僕だった。

間者は長年文官を務めていた青年で、ゴッドローブの執務室にもよく出入りしていた。

よく働き、快活な人物だったのだが――書類を提出する動作で、一撃、ナイフを腹部へと打ち込んできたのだ。

間者はご丁寧にも、のこぎりみたいなギザギザな歯が仕込まれたナイフを突き刺してくれた。おかげで、引き抜くさいは腹の肉を抉《えぐ》り、鎮痛薬も効かないほどの苦痛を味わう。

血も大量に失い、生死の境を彷徨《さまよ》っていた。

ゴッドローブは何度も見舞いにやってきて、心配する素振りを見せる。

常に目を閉じて回復に努めていたからか、意識がないと思っていたのだろう。

ペラペラと、これからの計画について語ってくれた。

なんでも犯人に目星が付いたらしく、明日貴族を集めて発表するらしい。

あの間者はゴッドローブの配下だろうに、何を言っているのか。

これ以上悪事を働くことなど、絶対に許せなかった。

例の作戦を実行するならば、明日しかないだろう。

隊医の医者に明日の集まりに参加したい旨を告げると、死ぬぞと脅された。

これまでは死ぬことを恐れていなかった。

ただ、痛みがなく、自然に死ねたらいいな、なんて考えるばかりだったのだ。

今は生きたいという願望だけが強く心にあった。

作戦の実行は今回でなくても……そう思った瞬間に、ララの声が聞こえた。

——リオン様、聞こえますか？

蜘蛛妖精《アラニャ》の魔法の糸を通して、ララの声が聞こえた。

耳にした瞬間、涙が出そうになってしまう。

僕を案じるような優しくて悲しげな声だった。

その一言だけかと思いきや、彼女は言葉を続ける。

——リオン様、お慕いしております。

その瞬間、切なくて、温かくて、愛《いと》おしくて……。そんな想《おも》いが込み上げ、胸がぎゅっと苦しくなる。

ララに会いたい。

憂いなんてなく、誰かの脅威なんてなくなった世界で、一刻も早く彼女を抱きしめたかった。

すぐさま、作戦の実行を決意する。

侯爵夫人や王妃、公妾、隊医、さらには王太子であるエンゲルベルトの協力を仰ぎ、重たい体を引きずりながらも、幸せを摑《つか》むために自らを奮い立たせた。

その結果、ゴッドローブの悪事を暴くことに成功した。

ただ、命の危機が訪れる。

この世界は何もかも手に入るようにはできていないのだろう。

ララと幸せになりたかった——なんて諦めていたのに、奇跡が起こった。

致命傷と思われた傷口を、ララが蜘蛛細工《テラ・ラニャ》を使ってきれいに塞いでくれた。

さらに、失った血を魔力で補ってくれたのだ。

みるみるうちに活力を取り戻し、元気になる。

ありとあらゆる意味で、ララは僕を救ってくれたというわけだった。


それからというもの、僕は全力で気の毒な男を演じ、なんとかララの同情を誘うことに成功した。

彼女とレンはビネンメーアに残り、今は一緒の家で暮らしている。

目覚めて一番に、ララが微笑みながら朝の挨拶をしてくれる人生なんて、僕には贅沢《ぜいたく》すぎる。

時折、僕にはもったいないような女性なのでは、と思ったものの、今更手放すつもりはない。

今後何があっても、彼女の傍に居続けるつもりだ。

結婚は一年後だが、彼女が待つ家に帰る毎日は幸せに満ち溢れていた。

後日談　ララとリオンのある日の晩／サクランボ狩りをしよう！

後日談1　ララとリオンのある日の晩

私とフロレンシ、マリオン殿下が共に暮らす家は、築百年ほどの古民家である。

そのままでは住めないので、床材を張り替えたり、外壁にペンキを塗ったり、とさまざまな手を加えた。

大変だったけれど、その分、愛着が湧いている。

毎日マリオン殿下が帰ってくる、というのもようやく慣れてきたところだった。

「ララ、ただいま」

「リオン様、おかえりなさい」

マリオン殿下は両手を広げ、私を抱きしめようとしたのだが、即座に待ったをかける。

「あの、ちょっと待ってください」

「え、何～～。今日一日、この瞬間のために頑張ってきたんだけれど」

「その前に、確かめたいことがあるんです」

マリオン殿下の額に手を当てると、熱を帯びていることに気付いた。

「ララの手、冷たくって、気持ちいい」

「熱があるので、余計にそう思うのでしょう」

私が指摘するよりも先に、マリオン殿下は症状を発する。

「けほ、けほ！」

「やっぱり、風邪を引いているようですね」

「ああ、言われてみればそうかも」

なんでも夕方あたりから、頭がぼんやりしていたようだ。

「今日、フロレンシも熱と咳《せき》の症状があって」

「大変だ！　お医者様を連れてこなきゃ！」

「呼びました。薬を飲んで、ゆっくり休めばすぐに治るそうです」

「そっかー。よかった」

「リオン様も、温かいお風呂に入って、安静にしていてください」

「え、僕は大丈夫だよ。ぜんぜん平気！」

私はマリオン殿下の肩をむんずと摑《つか》んで、微笑《ほほえ》みながら言った。

「リオン様、どうか安静に、お願いいたします」

「わ、わかった」

物わかりがいいマリオン殿下を抱きしめようとしたものの、今度は向こう側から待ったがかかる。

「ララ、嬉《うれ》しいけれど、僕の近くにいたら君まで風邪を引いちゃうかも！」

「今日は一日、フロレンシの看病をしていましたが、ぜんぜん風邪の症状などありません。ですので――」

そっとマリオン殿下を抱きしめ、今日もお疲れ様です、と声をかけたのだった。

「ララ、ありがとう。本当に幸せだ」

こんなささいなことで喜んでくれるので、これからももっともっと彼を幸せにしようと思った。

その後、マリオン殿下の咳が酷《ひど》くなり、食事も喉を通らないほどだった。

用意していた粉薬も飲めないと言う始末である。

「あの、リオン様って、お薬が嫌いなのですか？」

「あ、バレた？」

おそらく、お医者様にかかるのもあまり好きではないのだろう。

「少し、待っていてください」

「あ、うん」

今日、家にやってきたお医者様から、風邪シロップの作り方を聞いていたのだ。

材料はヒソップの枝葉、タイム、ショウガにブラウンシュガー。

まず、鍋に水を注ぎ、ヒソップの枝葉とタイムをコトコト煮出す。

ほんのり色付いてきたら、ヒソップの枝葉、タイムを取り出し、鍋にブラウンシュガーを入れる。

さらに煮詰めて、とろみが出たら火を止める。最後にショウガを搾った汁を加えたら、風邪シロップの完成だ。

「リオン様、風邪シロップを作ってまいりました」

「え、僕のために、わざわざ作ってくれたの？」

「ええ。ブラウンシュガーをたっぷり入れたので、きっとリオン様のお口にも合うはずです」

「ララ、ありがとう」

スープ皿に注いだ風邪シロップを、匙《さじ》で掬《すく》ってマリオン殿下の口元へ運んでいく。

「いかがですか？」

「少しピリッとしているけれど、甘くておいしい。薬の嫌な味はしないよ」

「よかったです」

「これは何が入っているの？」

「咳を鎮めるヒソップに、喉の痛みを緩和させるタイム、それから体を温める効果があるショウガが入っています」

「なるほど。風邪に特化した甘いお薬なんだ」

「そうなんです」

「こんなの、よく知っていたね」

「ええ。お薬嫌いの子どもが多い、というお医者様の話の中で、教えてもらったお薬なんです」

「わあ、これ、子ども用だったんだ」

そうだ、と頷《うなず》くと、マリオン殿下は大笑いする。

「苦しいのは自分自身なのに、お薬を嫌がるのは子どもも同然だと思いまして」

「間違いないね」

マリオン殿下は反省し、明日の朝には薬を飲む約束をしてくれた。

その後、食欲も出てきたようで、夕食にと準備していたパンやスープをぺろりと平らげる。顔色もよくなってきた。

「あとは、ゆっくり休んでくださいね。眠るまで、手を握っておきますので」

そんなことを伝えると、マリオン殿下はぽつりと呟《つぶや》いた。

「ララの看病って最高。やっぱり、君に看取《みと》られたいな」

その一言は聞こえなかったふりをした。

翌日、風邪を引いていたマリオン殿下とフロレンシは元気になる。

やはり、大切なのは薬をしっかり飲んで、安静にしておくことなのだ。

後日談２　サクランボ狩りをしよう！

今日は侯爵邸に集まって、さくらんぼ狩りを行う。

フロレンシがピクニックみたいにお弁当を持って、庭で食べたいというので、朝から料理に勤《いそ》しむ。

言い出しっぺのフロレンシは、自分がメインになってお弁当を作るんだ！　と言って朝から張り切っている。

私よりも早く起き、材料を調理台に並べたり、バスケットの手入れをしたり、と私が目覚めたときにはある程度の支度が調っていた。

ガッちゃんも手伝ってくれるようで、おたまを掲げていた。

フロレンシはお弁当のイメージ図を描いていて、今日はそのとおりに作る。

「グラシエラお姉様、今日はこんなお弁当を作ります！」

「ええ、頑張りましょう」

フロレンシが描いたお弁当は、三種のサンドイッチに魚のフリット、オムレツにソーセージ、茹《ゆ》でたブロッコリーと彩りも美しい。

七歳の男の子が考えたとは思えない、完璧なお弁当だろう。

なんて、弟自慢もほどほどにして調理に取りかからなければ。

三種のサンドイッチは卵サンドにハムチーズサンド、キュウリサンドの三種類だ。

すでにフロレンシがゆで卵を作っていたようで、一生懸命殻剝《む》きをしている。

サンドイッチはフロレンシに任せて、ガッちゃんに助手を頼む。

私は魚のフリット作りをしよう。

新鮮なタラを三枚に下ろし、骨を取り除いて一口大にカットする。

水分を拭き取ったタラに塩、コショウで下味を付け、化粧をするように小麦粉をパタパタとはたく。

続いて衣を作ろう。ボウルにふくらし粉、小麦粉、炭酸水を入れてさっくり混ぜる。炭酸水を使うことによって、空気が一気に蒸発し、からっとおいしく揚がるのだ。

熱した油に衣を纏《まと》わせたタラをくぐらせ、揚げていく。

タラが油にぷかぷか浮かんできたら、揚がった証拠だ。

普段、揚げ物をするときのフロレンシは、揚がった料理をキラキラした目で見つめている。けれども今日はサンドイッチ作りの大役を担っているため、こちらには見向きもしなかった。

今も真剣な表情で、サンドイッチを作っている。その横顔はとても頼もしい。

ガッちゃんは卵の殻を集めて捨てたり、フロレンシのナイフの扱いが危なっかしい様子だったら補助したり、と優秀な働きをしていた。

いつまでも見ていられるが、私も調理に集中しなければ。

タラのフリットが完成したので、オムレツと茹でブロッコリーを同時進行で作っていく。

ブロッコリーはカットし、沸騰した鍋に塩をひとつまみ入れて茹でるだけだ。

オムレツは中にチーズとトマトソースを入れて、卵を巻くという。

どれもフロレンシが考えたもので、なるほどな、と思いながら調理を進めていった。

「できました！」

フロレンシは完璧な三種のサンドイッチを、ひとりで作りきった。

彼が料理を覚えたいと言ってから一年経《た》ったが、ここまでできるようになるなんて驚きである。

「まあ、フロレンシ、とってもお上手《じょうず》です！　料理の腕が上達しましたね！」

フロレンシは照れたようにはにかみながら、こくんと頷《うなず》いたのだった。

最後に作るのは、焼きソーセージである。けれどもただのソーセージではない。

「あの、フロレンシ、このソーセージは、いったいなんなのですか？」

形状が普通のソーセージとは大きく異なり、カットが入って花のようになっているのだ。

「グラシエラお姉様、これは〝クラーケン・ソーセージ〟なんです」

海の巨大魔物、クラーケンを模したソーセージらしい。

なんでも学校で流行《はや》っている本に登場するクラーケンの挿絵を見たさいに、閃《ひらめ》いたようだ。

以前、侯爵家の料理人が花を模した焼きソーセージを作ってくれたことがあったようで、クラーケンもできるのではないか、と思ったという。

「ソーセージの真ん中辺りまで切り込みを入れて、足みたいにしたいのですが、できますか？」

「頑張ってみますわ」

フロレンシが想像するようなクラーケンになるよう、ナイフで慎重にカットを入れる。

切り込みを入れただけのソーセージはクラーケンになるように見えなかったのだが、加熱してみると変化が起こる。

切り込みを入れた部分は開いていき、クラーケンのようになったのだ。

「グラシエラお姉様、大成功です！」

「え、ええ、よかったですわ」

大喜びしているフロレンシを見て、ホッと胸をなで下ろしたのだった。

朝食はお弁当作りで余ったパンの耳を使う。

卵と牛乳、砂糖を混ぜた卵液に浸《つ》けて、バターを溶かしたフライパンで焼いたカスタード・トーストを作った。

そこに余ったゆで卵とブロッコリー、そして朝食用に焼いたクラーケン・ソーセージを添える。

「グラシエラお姉様、僕とガラトーナで協力して紅茶を淹《い》れておきますので、マリオンお義兄《にい》様を起こしに行ってくれますか？」

「わかりました」

マリオン殿下の寝室をノックする。しばらく待つが、反応はない。

いつもは声をかけずとも起きてくるのに、今日はどうしたのだろうか。

もしかしたら具合が悪くて、眠っているのかもしれない。

「リオン様、入りますよ」

一言断ってから入室する。

やはり、マリオン殿下はまだ眠っているようだ。

「リオン様、大丈夫ですの？　具合が悪いのですか？」

優しく声をかけても、うんともすんとも言わない。

頭からブランケットを被《かぶ》っているので、寝顔などは確認できなかった。

申し訳ないが、捲《まく》らせていただこう。

「失礼します」

ブランケットを捲ると、きれいな寝顔を確認する。

顔色は悪くないし、寝息も穏やかだ。

ふと、気付く。よくよく見たら、マリオン殿下の寝顔がきれいすぎるということに。

「あ――――！」

気付いたときには遅かった。

急にマリオン殿下の腕が伸び、私を捕まえたのだ。

「きゃあ！　な、何をするのですか！」

「ララがキスをして起こしてくれるものだと思っていたのに、一向に何もしないから」

「寝ている人に、そんなことはいたしません！」

「えーー！」

マリオン殿下は私を抱き枕にした状態で、再び目を閉じてしまった。

「リオン様！　フロレンシが待っていますの！　遅かったら、覗《のぞ》きに来てしまうでしょう⁉」

「そっかー。それは悪いなあ」

腕の拘束が緩んだので、急いで脱出する。

マリオン殿下の身支度は完了していることに気付くと、ぐったりと脱力した。

「身なりは整えていたのですね」

「そう。ララがここに向かっているのがわかったから、キスで起こしてもらおうと思って」

「どうしたらそういう思考になるのですか」

「子どものときに読んでもらった童話に、そういう話があった気がして」

「お姫様が王子様にキスをするのではなく、王子様がお姫様にキスをする、の間違いでは？」

「そうだったかも。ごめんね。僕のほうからキスをしなければいけなかったなんて」

マリオン殿下は「そんなわけで」と言って私を引き寄せ、額にキスをした。

「目が覚めた？」

「とっくの昔に目は覚めております！」

「そっか」

私が何を言っても、マリオン殿下は楽しげに言葉を返すだけだった。

がっくりと項垂《うなだ》れてしまったのは言うまでもない。

マリオン殿下やフロレンシ、ガッちゃんと共に朝食を囲む。

フロレンシは嬉《うれ》しそうに、クラーケン・ソーセージについて語っていた。

「それで完成したのが、このクラーケン・ソーセージなんです！」

「レンはすごいなー。天才だ」

「えへへ！　お弁当、頑張ったので、お昼を楽しみにしていてくださいね」

「もちろん」

フロレンシやマリオン殿下の話を聞きながら二杯目の紅茶を注いでいると、ガッちゃんがシュガーポットの蓋を開け、角砂糖を落としましょうか？　とばかりに小首を傾《かし》げる。

お願いします、と返すと、ガッちゃんは器用に角砂糖をふたつ積み上げて、ティーカップに落としてくれた。

楽しそうに会話するフロレンシやマリオン殿下を眺めていると、なんて幸せな朝なのか、と思ってしまった。

侯爵邸へは馬車で向かう。侯爵夫人には毎日のように会っているし、週に一度は侯爵邸に泊まっている。

そのため久しぶりという感じはないのだが、今日はお弁当を持参しているのもあって、なんだかわくわくしていた。

庭には初夏の花が満開で、サクランボもたくさん生《な》っているらしい。

さらに今日はレイシェルに公妾《こうしょう》、レオナルド殿下も遊びにやってくるそうで、余計に楽しい気持ちになっているのだろう。

侯爵邸に到着すると、侯爵夫人が出迎えてくれた。

「いらっしゃい。もうみんな揃《そろ》っていて、ゆっくりお茶を飲んでいるところだったのよ」

客間に行くと、レオナルド殿下が嬉しそうに立ち上がり、フロレンシのもとへ駆けてくる。

「フロレンシ、さっき庭できれいな蝶《ちょう》を見つけたんだ。一緒に見に行こう」

「はい！」

レオナルド殿下は大人の中にいて、退屈だったのだろう。

ふたりは手を繋《つな》ぎ、庭へ駆けだしてしまった。

そのあとを、メイドや従僕が追いかけていく。フロレンシとレオナルド殿下のことは、彼らに任せておこう。

マリオン殿下が椅子を引き、私を座らせてくれる。その様子を、みんなにジッと見られていたので、恥ずかしくなってしまった。

レイシェルがしみじみした様子で、私達についてコメントする。

「すっかりマリオン殿下を手懐《てなず》けている様子ね」

あろうことかレイシェルの言葉に、公妾もこくこくと頷いていた。

私はすぐに否定する。

「そ、そんなことありませんわ」

「あるわよ。ララさんに会うまでのマリオン殿下は、いつも笑っているのに、目の奥はまったく笑っていないような、剣呑《けんのん》な空気を振りまいていたから」

レイシェルの証言を聞いたマリオン殿下は、「いやはや照れるな〜」なんて言っていた。

先ほどのレイシェルの発言のどこに、照れる要素があったというのか。謎でしかない。

公妾も少し前のマリオン殿下の様子について証言する。

「マリオン殿下の眼差《まなざ》しが鋭すぎて恐ろしいから、ゴッドローブがやってくるときは、連れてこないでって伝えていたわ……」

「そうだったんだ。それは申し訳なかったね」

マリオン殿下は少しも悪びれない様子で公妾に謝罪していた。

公妾は今でもマリオン殿下が苦手なのか、引きつった微笑《ほほえ》みを返していた。

しばし近況について語り合う。

先日結婚したレイシェルはヴルカーノに新婚旅行に行ったようで、お土産《みやげ》を貰《もら》った。

本場のチュロスがとてもおいしかったようで、感激したという。

お土産としてオリーブの石けんをいただいた。大切に使おう。

公妾は王妃との交流を、少しずつではあるものの始めたようだ。

依然として苦手意識はあるようだが、前みたいな気まずさはないという。

レオナルド殿下は本人の希望で王位継承権を返上したようで、肩の荷が下りたようだ。

侯爵夫人はたくさんの女性を招いて礼儀作法教室を開いたり、お茶会を開催したり、と忙しい毎日を過ごしている。そこに私もお邪魔して、補佐することもあった。

「私にはララが必要なのに、王妃殿下がララを侍女にしたいって我儘《わがまま》をおっしゃるのよ。お断りするのが大変で」

マリオン殿下は話を聞きながら、物憂げな様子でため息を吐《つ》く。

「ララが人気すぎるせいで、嫉妬しちゃうんだよね。この前、王妃殿下に宣戦布告しちゃったよ」

「そんなことをされていたのですね」

「うん。王妃殿下から負けない！　って返されちゃった」

私の知らないところで、いったい何をしているのか。思わずため息を吐いてしまう。

話は尽きないが、フロレンシとレオナルド殿下がやってきて、早く庭へ来るように言われてしまった。お茶会はここでお開きにして、庭の散策を開始する。

すっかり緑が色濃くなった庭には、エルダーフラワーがシーズンを迎えていた。

「ララ、いい香りだね」

「ええ、本当に」

実家の庭にもエルダーフラワーがあって、毎年摘んでシロップ漬けにし、コーディアルを作っていたのを思い出す。今年は侯爵夫人を誘って仕込んでみようか。楽しみができてしまった。

他にも、ラベンダーやブルーベル、クレマチスにライラックなど、美しい花々が咲き誇っている。

ガッちゃんは庭師からマロニエの枝を貰ったようで、嬉しそうに振り回していた。

サクランボの樹《き》の前にやってくると、すぐにサクランボ狩りが始まった。

このサクランボはかつて、イルマが毎年採るのを楽しみにしていた樹だった。

久しぶりにサクランボを見上げる侯爵夫人は、感傷に浸っているように見えた。

今は声をかけないほうがいいだろう。そう思って放っておくことにした。

フロレンシやレオナルド殿下は台に上ってサクランボを採っていたが、マリオン殿下は樹に登って、高い場所にあるものを採っていた。

私もサクランボを採って、かごの中に入れる。

フロレンシが大きいサクランボが採れた、と侯爵夫人に見せに行っていた。

「あら、本当に大きい。すごいわ！」

嬉しそうにフロレンシの相手をする侯爵夫人を見て、もう大丈夫なのだろう、と確信した。

かごいっぱいに採れたサクランボは、そのまま食べても絶品だろうが、タルトやジャムにしてもおいしいだろう。

作るのがとても楽しみだ。


昼食はウィステリアの花が咲く下でいただくことにした。

メイドが敷物を広げ、紅茶を淹れてくれる。

ここで登場するのが、フロレンシが頑張って作ったお弁当である。

「皆さん、たくさん召し上がってくださいね」

フロレンシがニコニコしながら紹介すると、皆、驚いているようだった。

「これ、あなたが作ったのね！」

「はい。グラシエラお姉様とガラトーナも一緒でしたが」

皆、フロレンシが作ったサンドイッチを食べ、口々においしい、おいしいと言ってくれた。

クラーケン・ソーセージも好評で、ホッと胸をなで下ろす。

デザートは採れたてのサクランボだ。

甘酸っぱくて、とてもおいしい。侯爵邸の料理人が焼いてくれたサクランボのクラフティも用意されていて、みんなでおいしく味わったのだった。

楽しい時間はあっという間に過ぎていった。

「今日は楽しかったわ。また、遊びにいらしてね」

その言葉に、レイシェルや公妾は笑みを浮かべながら頷く。

「夏になったらスモモが熟れるから、また、みんなで収穫しましょうね」

侯爵夫人から招待を受けたフロレンシとレオナルド殿下は、飛び上がって喜んでいた。

最近大人びてきたな、と思っていたふたりだったが、まだまだ子どものようだ。


侯爵夫人の見送りを受け、家路に就く。

帰りの馬車で、フロレンシはマリオン殿下に寄りかかって眠っていた。

「はしゃいで疲れてしまったようですね」

「子どもはこうでなくちゃ」

マリオン殿下と見つめ合い、微笑む。

今日、何度目かもわからない、幸せを実感したのだった。

泥船貴族のご令嬢

～幼い弟を息子と偽装し、隣国でしぶとく生き残る！～

MFブックス

泥《どろ》船《ぶね》貴《き》族《ぞく》のご令《れい》嬢《じょう》～幼《おさな》い弟《おとうと》を息《むす》子《こ》と偽《ぎ》装《そう》し、隣《りん》国《ごく》でしぶとく生《い》き残《のこ》る！～ 2

2024年6月25日　初版第一刷発行

著者　江本マシメサ
発行者　山下直久
発行　株式会社KADOKAWA
〒102-8177　東京都千代田区富士見2-13-3
0570-002-301（ナビダイヤル）
印刷・製本　株式会社広済堂ネクスト
ISBN 978-4-04-683551-2 C0093

担当編集　森谷行海
ブックデザイン　鈴木勉（BELL'S GRAPHICS）
デザインフォーマット　AFTERGLOW
イラスト　天城望

本書は「小説家になろう」（https://syosetu.com/）初出の作品を加筆の上書籍化したものです。
この作品はフィクションです。実在の人物・団体・事件・地名・名称等とは一切関係ありません。

ファンレター、作品のご感想をお待ちしています

宛先
〒102-8177　東京都千代田区富士見 2-13-3
株式会社 KADOKAWA　MFブックス編集部気付
「江本マシメサ先生」係「天城望先生」係

二次元コードまたはURLをご利用の上
右記のパスワードを入力してアンケートにご協力ください。

https://kdq.jp/mfb
パスワード
sw6pc

● PC・スマートフォンにも対応しております（一部対応していない機種もございます）。
●アンケートにご協力頂きますと、作者書き下ろしの「こぼれ話」が WEB で読めます。
●サイトにアクセスする際や、登録・メール送信時にかかる通信費はご負担ください。
● 2024 年 6 月時点の情報です。やむを得ない事情により公開を中断・終了する場合があります。